亦舒作品

露水的世

目录

壹·露水的世

露水的世，
虽然只是露水的世，
虽然是如此。

这个故事里，一共有四个比较重要的角色。

开始的时候，他们是：

（一）齐大巧，二十岁的美女承继人，父母已是二世祖，整年赖在欧洲，在摩纳哥与巴黎之间游荡，颇有名气，曾在时尚杂志社交版图片上出现，自称作家与画家。

大巧自幼随祖父生活，祖母年轻时与十岁女儿在车祸中丧生，那个女孩，也叫大巧，据说非常秀丽聪敏，是天才小提琴手。

大巧出生，祖父齐予把幼婴抱在手上，泪盈于睫，觉得上天终于还给齐家一个女孩，故仍叫她大巧，取意大巧不工。

大巧不负所托，真够疏懒，功课普通，古董琴弓用来与男同学比剑。但，她讨得齐老欢心，漫无目的地享受生活，负责逗祖父欢笑，以及，接受诸男生追求。

（二）郝浚，是大巧表姑的儿子，一表三千里，算是表兄。但，郝家父母均在大学教书，有点头巾气，不大与商贾来往，士农工商，觉得做股票证券的齐家担任掮客角色，专赚佣金，实则并无建设社会。

大巧与郝浚绝少见面。

廿七岁的郝浚是史密松学会的古生物学家，有点孤傲，他不爱说话，长得高大英俊，漂亮得叫人侧目。

郝浚，是大巧暗恋的对象。

（三）沐荷，是大巧另外一个远房亲戚，这次，更加遥远。但因为齐老好客，又怕大巧寂寞，故度假时时带着沐荷一起。她俩又是同班同学，温静的沐荷只大一岁，不时帮大巧抄写功课。

大巧的优点是待人厚道，与沐荷平起平坐，见好吃的永远留沐荷一份，衣服大家调穿。

沐荷家境过得去，但与继母不甚融洽，她不常留家里，半寄居齐宅。

两个女孩一样好看，但如果有人说大巧可爱，她会笑，“阿荷比我温柔”，大巧不觉比沐荷优秀。

她俩是真心爱惜对方。

（四）朱诸博士，怎么形容好呢？他是完美青年，有学识学历，性格平和，道理分明，生活谨慎。在学堂，大家如出外狂欢，必请朱诸，众人皆醉他独醒，担任班长，照顾饮醉同学，免生意外。

朱诸并不古板，他爱吃，煮得一手好菜，他慷慨，什么都借给朋友。

他在戈壁沙漠结识郝浚，两人很快成为好朋友。他俩在戈壁待整三个月，代表乔治华盛顿大学，该古生物研究小组共六人，来自世界各地，听到戈壁发现新种恐龙化石群，飞身扑上。

郝浚与朱诸，一冷一热，不知怎的，相处融洽。

这是他们的故事。

冥冥中不知是怎样的安排，四个年轻人，会在这一个五月天邂逅。

是齐予老先生七十岁生辰。

今日的七十老人，同昔日不一样。

当然与从前是不能比了，但齐老保养维修得宜，雇着营养师处理饮食，穿罗马裁缝师傅手工制作的西服，适量运动。他富有，不但健康，还有女朋友，不止一个。

寿辰那天，他说：“随便在家吃顿饭，所有亲友都欢迎。”

大巧一听，顿时乐不可支，这是喝香槟好机会，名正言顺饮得醉醺醺。沐荷当然也一起。

大巧一身最流行花短裙，扮相娇俏。

沐荷不喜鲜艳大花，挑一袭白麻纱打褶及膝裙。这条裙子，也是大巧所有。

沐荷不想向继母要钱买出街衣衫。

“哟。”继母会低声说，“这衣食住行真不简单，不当家不知柴米贵，尤其是大学学费，简直如读钞票……”

穿一次的衣裳，大巧衣橱里最多。

齐老看到她俩，高兴得很：“好像双妹牌[1]。”

[1] 诞生于1898年的上海品牌。

大巧哈哈笑："老爷子露馅了，一声双妹牌，人家知道你岁数。"

齐老说："我不怕，我有心理准备，我确是老年人。"

说不怕，语气却惆怅，像是不知如何不经不觉活到耄耋岁数。

生命那么多苦楚挫折磨难失意无奈，居然也一一克服。静时想起，还觉得时光飞逝，转瞬已七十古稀。

"大家玩得高兴点。"

老当益壮的他到书房处理文件，他的助手古太太把一只手指放嘴边，示意年轻人不要太喧哗，齐老稍后要小睡片刻。

下午三时多，大巧的各路朋友已经报到，这生辰宴分两档，年轻人六时先吃，八时才轮到长辈，大家高兴。

大巧轻轻问古太太："我爸妈回来吗？"

中年古太太摇头。

大巧已经有两年没见到他们。

上次看到母亲，大巧几乎不认得，母亲整张脸经过注射处理，僵硬不动，全无表情，当然也无表情纹，连笑都只能歪一下嘴角。

她站在大巧身边，问友人："可是像足两姐妹。"大巧浑身汗毛竖起。

她愿缺席，最好不过。

大巧搭讪说："听说两人感情不大好。"

古太太轻声答："你就别理这些了。"

他俩喜欢欧美，东方人不显老，看上去好似三十七八，玩起来方便些。

"连老父七十大寿都不回来，真是。"

"齐老有你已经高兴。"

一群年轻朋友已经更衣跃入暖水池里打水球。

厨子在泳池旁做烧烤。

"对不起，不设酒精饮料。"

大巧说："我到地窖取香槟。"

沐荷阻止："今日不可淘气。"

她俩站在草坡观海港景色。

"真宁静漂亮，像另外一个世界。"

"下雨天烟雾才好看，树枝间站满避雨瑟缩的小鸟，栀子花特别清香，鲜红棘杜鹃垂头，十分诗意。”

“这幢房子，将来属于你吧。”

“说太远了，祖父会活至一百零十岁。”

“你会跟他学做证券吗？”

“听就头痛。”

“那么他的本事岂非失传。”

大巧对沐荷说：“我推荐你做学徒。”

“我没有那种抱负。”

“华裔特长是能够把不喜欢做的事做到最好。”

沐荷说：“我只想拥有自己的家庭与一群子女。”

“如果丈夫不体贴子女不听话呢。”

沐荷微微笑：“我早有心理准备，世上焉有体贴男人与听话少年。”

两人坐在伞下，不停有男生上前搭讪献殷勤。

——“痛不痛？”“什么？”“像你这般安琪儿自天上摔下，可觉得痛？”

“不痛，但浑身起鸡皮疙瘩。”

沐荷问：“都是些什么人？”

“朋友的朋友的朋友，许多不认识，闻风而来。”

“你不介意？”

“没有酒肉，何来朋友。”

沐荷不出声。

大巧连忙致歉：“我不是说你。”

“越描越黑。”

大巧笑：“我去找香槟。”

经过走廊，看到祖父仍在批阅文件，一个艳女，伏在他膝上，低声不知呢喃什么。

大巧淘气，代为配音：“我想换车，这次要宾利跑车，三千万那套珠饰——”

古太太走近，拍大巧肩膀。

“那女子是谁？”

“你就别管了。”

大巧忽然觉得寂寞，这屋里每个人都有个宗旨，像古太太，她工作；那艳女，勤讨钱；池里各友人，疯玩吃喝；她呢，无事可做，是个吃闲饭的人。

她走进酒窖，找到粉红香槟与开酒器，当场开瓶，坐在长凳上喝起来。

“我是一个擅开香槟的女子。”

忽然身后有人说：“别喝醉。”

大巧一惊，伸手啪一声开亮灯：“你是谁？”

面前站着一个中等身段，五官端正，笑容可掬的年轻人：“我叫朱诸，我是客人之一。”

大巧松口气，这时，她发觉人客目光有异。

他的视线像是穿透大巧，直看到她身后。

大巧转头，原来不知什么时候，沐荷也到酒窖找她。

穿白纱裙的沐荷站在幽暗一角，秀美如小仙子。

她也怔怔看着朱诸。

大巧连忙说：“我来介绍，我表姐沐荷，这是今晚客人之一朱诸。”

他俩轻轻握手，目光一直没离开对方。

大巧说：“我们回楼上去吧。”她一手握一瓶香槟，“太阳下山，快轮到另外一批客人上场。”

沐荷与朱诸跟在她身后，却不约而同往花园走。

古太太看到，微笑说：“相见恨晚就是这个意思。”

大巧不服气："那朱某看也不看我。"

古太太笑不可抑："看你的人还嫌不够？"

"这朱诸是谁？"

"你郝浚表哥的朋友。"

"郝哥来了？"

"你还记得他真不容易，他与另外一些朋友在厨房。"

齐宅厨房面积大如客厅，一张大木台像乒乓球桌，此刻坐满人客。

大巧记得郝哥一向对她冷淡，当她是小孩，不小心把小女孩弄哭是需要解释的事，偏偏小女孩特别爱哭，他识趣，敬而远之。

那是好几年之前的事了。

此刻他坐在哪里？

厨房正在掰龙虾吃的几个年轻人看到古太太与一个两手握香槟瓶的美少女走进，齐齐站起。

同样高大，有些赤膊，有些穿破汗衫，全部留长发胡子，浑身太阳金棕皮肤，像自海滩回来。

他们齐齐笑，露出雪白牙齿："失礼了。"

古太太说："别客气，请继续，这是郝浚小表妹大巧。"

大巧逐张面孔检视。

他们主动报上名字："克拉克""艾历信""史蓝诺"，有一个不出声，也不笑，他黑发黑须，一双眼睛明亮地看着大巧。

大巧忍不住走近，放下酒瓶："你，你是郝哥。"她见他汗衫有洞，淘气地伸手指戳他，他的肌肉扎实。

虽说是玉指，怪痛，郝浚微微缩起胸膛躲避。

这时其余大汉纷纷取上衣穿上。

大巧觉这里有趣，不客气地坐下。

厨子又把刚煮熟的蚬蚌盛出。

古太太笑："这些贵客，连同朱诸在内，全是史密松学会的古生物会员，刚自戈壁回来。"

大巧说："哇，戈壁，那里有什么？"

郝浚心想："几年不见，这小表妹长高大半个头，身段也丰满许多，但仍然无聊淘气，仿佛只管吃喝睡三件事。"

"你们待多久，住在什么地方？可是蒙古包？听说方便要走到门外，哈哈哈。你们的研究报告会否在《国家地理》

杂志刊登？你们都是古生物科博士吧，结婚没有？长年累月捧着化石骸骨，啧啧啧，不过，比起在爪哇雨林研究蝙蝠，又似乎舒服一点，哈哈哈。”

众学者见少女叽叽喳喳，不禁都被逗笑，不予计较，只有郝浚冷冷看着大巧，毫不动容。

古太太已叫人开启香槟酒。

“好了好了。”她拉起大巧，“我们让客人尽欢。”

有人问：“朱诸呢？”

古太太说：“他与朋友说话呢，我另外留食物给他。”

这时，郝浚站起走到冰箱取啤酒。

少女注视着他，他与记忆中一样，走路都那么好看。

一个暑假，他教她微积分。数学不及格的话，中学不能毕业，齐老紧张，请了好几个家教，无效，出动博士生。

大巧记得郝哥奇凶，先把她书桌上糖果、小玩具电话、镜子等杂物全部扫到地下：“坐好！眼睛看着课本”“从二十三页一直算到二十七页，立即动手，Chop-Chop！”

大巧惊怒，手心冒汗。

算得慢，郝浚用一根木尺，敲着桌边，一次敲断了尺，大巧觉得过分，痛哭。古太太在书房门口张望，却不便进来。

大巧知道没人愿意救她，她落了单，抹干眼泪，注意功课。

一个暑假下来，她从全班第二十七进步到第七，那班只有三十人，沐荷在第五位置。

侮辱有功。

之后避见郝哥。

却时时作弄他。

像把他收拾好的行李箱暗暗打开，他一拎，衣物全摔地上。又一次把他的水壶钻一小孔，他一边喝水一边漏湿身之类，就差没喂他泻药。

大学毕业后他不大来齐家。

今次可能特地庆贺齐老生辰。

他送的礼物也稀罕。

大巧走进祖父书房，巨型地球仪旁放着一具约三十厘米长的动物颅骨，一边还连接在泥石上。

齐老说：“大巧快来看，这是戈壁最新发掘的恐龙头骨，还未有拉丁名，中文叫冠龙。”

大巧走近，微笑问：“穿红衣的女朋友走了？”

齐老说别的。“这是两百万年前三叠纪后期的恐龙，体积不大，重七十公斤左右，到了侏罗纪，这冠龙后代的暴龙，才进化为庞然巨物。”

肯定都是郝浚告诉他的。

这种古生物骸骨，用来装饰豪华书房最别致不过。

大巧有疑问：“可以私人拥有吗？”

齐老笑：“这你就别理了。”

都叫她不要理，别去管。

吃饱闲荡就好。

“郝哥来干什么？”

“他有几天假，我让他来说话。”

“好。”大巧拍掌，“狠狠教训他。”

齐老看孙女。“你对郝浚印象如何？”

“全才啊，家世学识相貌身段全一等一。他有理想有抱负，与市内一般纨绔子弟不可相提并论。他性格低调，专致学术研究，我最敬佩这样的男子，可惜我俩之间有代沟。

他大男人，他认为女子生来为副，要配合男性，我却觉得男子如要传宗接代，必须取悦女子。”

齐老好气又好笑。

古太太敲门：“客人已陆续到来。”

齐老出去迎客。

这时园子搭起白色大帐篷，餐桌置帐篷内，只有四五桌。

年轻朋友吃饱了，玩累了，大部分已经散去，只余两三人仍在泳池踏水，像那种小小昆虫蜉蝣，贪恋最后日光，在玩耍中老去。

古太太问大巧：“你不去换衣服？”

大巧问：“沐荷呢？”

“在紫藤架下。”

大巧找了去。

只见紫藤架下放着两座位白台布小桌子，点着蜡烛，沐荷与那叫朱诸的年轻人正在用晚餐。

啊，大巧眯眯笑，相见恨晚。

看样子早已交代过年纪学历家庭喜恶抱负理想，大概正在定下一次约会。

紫藤花一串串垂在他俩头顶，落花满肩，真够诗情画意。晚餐想必由周到体贴的古太太安排，景、时、人，都对上了，大巧不禁感动。

成人之美是多么畅快的一件事。

这时大巧听到身后脚步声，转头，看到郝浚。

他在破衫外罩上件晚餐外套，算是礼数，脸上胡子刮净，头发梳往脑后，更显得神清气朗，科学家往往有这种气质魅力。

大巧轻轻说："请看他俩专注的目光，世上再也没有其他人，我们即使高声，他俩也听不见。郝哥，真有一见钟情吗，是好事抑或坏事？"

郝浚没有回答。

这小女孩的话真多，不过，声音也的确悦耳。

半晌，郝浚低声说："朱博士是个完美青年，他的伴侣会幸福。"

大巧看他："你呢？你也不赖呀。"

他不出声。

那种有点鼓气有点无奈的脸色算是他的高兴面孔。

大巧很少看到他笑，最令人惋惜的是郝浚笑时出乎意料地好看，整张脸扬开，大眼弯弯，浓眉角朝上，还有酒窝。

大巧当下说：“我们蹑足离开。”

郝浚点点头。

帐篷下晚宴已经开始，齐老讲了十句八句，请大家开怀吃喝之类。

那红衣女伴早已离去，但又驾跑车回转，一声不响陪齐老跳华尔兹，也只有他们才谙翩翩交际舞。

红衣女懂温柔功。

大巧试探问郝浚：“跳舞？”没表情，不作答，“散步？”斜斜看一眼，“有心事？”也没声音，这样难服侍，累坏人。

大巧知难而退，嚯一声站起，却被郝浚握住手拉到舞池跳四步。这时，他们看到朱诸与沐荷也依偎起舞。

郝浚问：“男朋友缺席？”

“我从来没有男朋友，你呢，你女伴在何处？”

“正如你说，我整年抱着古生物骷骨，鼻对鼻，心对心，谁要这种男友。”

大巧忽动爱怜之意：“郝哥，不怕，到了三十，你还没人要，我收留你，我懂得欣赏你。”

郝浚想笑，可是看到大巧亮晶晶诚恳的眼神，不觉一怔。这时大巧伸手抚摸他脸颊，他一阵麻痒，忙松开大巧腰身。

大巧觉得表兄有社交恐惧症。

她问：“下一站是何处？”

“到美国交报告。”

“身为华裔，你为何为美国人服务？”

“有没有人叫你别理闲事？”

“天天都有。”

已经上甜品，可是朱诸与沐荷仍在舞池。

大巧去拍朱诸肩膀：“朱博士，请让舞。”

沐荷甜笑。

大巧这样说：“快曲终人散。”

沐荷把手按在胸上。

“朱子可有约你下一次？”

“他们一群人下站到波士顿开会，阿巧，朱诸约我同去。”

大巧吓一跳，怔怔地：“这么快？”

说出口又觉不妥，大巧不过是她远房亲人，不应干涉沐荷感情事宜。

“我是说，呃，刚见面……”越描越黑，“你我还有一年才毕业，好歹完成学业，否则白忙一场。”

“朱诸也那么说，他让我到美东岸读书。”

“朱诸呢，我要同他说话。”

“他找郝浚去了。”

“沐荷，这样大事，你考虑周详。”

沐荷这样说：“自父亲再婚，我每天都在考虑，我家现有两个弟弟，读国际学校，家人却一直抱怨我的学费贵，我一直想免了他们的债。”

“荷，你不可自怨自艾。”

“你也看见，比朱诸更优秀的年轻人是没有的了。”

“起码给他三个月时间。”

“我也这样想。”

大巧吁出一口气：“切忌鲁莽。”

“我要是冲动，早已离家。这三两年，不是没有人追求，只有朱诸，一见就顿生爱慕之意。”

大巧艳羡说："哇，我都没人要。"

沐荷握住好友手轻轻摇。

"明早他到我家见家长。"

"多有诚意。"

"他会说我们认识已有一年。"

"啧啧，这是大话。"

"因为男子快速示爱，是热情，女子欠慎，是轻浮。"

轮到大巧把沐荷的手放脸颊上。

她俩都是寂寞少女，明白对方心意。

幸亏朱诸不是坏人。

"郝哥保证朱子是好青年。"

"你那郝哥，生怕一笑便引致地震海啸的模样。"

"嘿，你不欣赏他。"

正笑，朱诸走近。

大巧斜斜看着他。

老实端庄的他忽然脸红。

"朱子，你跑来我家诱拐少女，该当何罪。"

后边传来冷冷的声音："谁也没想到朱某有如此胆色

能耐。”

朱诸耳朵烧红透明。

大巧这时拍一下桌子，嘭然巨响，桌上碗碟刀叉全部跳了一下：“朱博士，你给我听着，这沐荷，是我齐大巧与郝浚的表姐妹，她若有什么抱怨，我亲自把你踢落大西洋。”

“是，是。”

“什么是与不是，说，说这种事永远不会发生。”

朱诸满额亮晶晶汗珠，温柔地看着沐荷：“不会发生。”

不知怎的，旁听者也觉得可靠安全。

这时古太太忽然出现：“明早见家长？需有好印象，礼多人不怪，齐老今晚说明不收礼，仍收一大堆，这，这，这，朱博士你借花献佛吧。”

大巧本想揶揄“朱子你来对了地方”，可是被古太太眼色郑重阻止。

大巧打个哈欠：“我累了，我要休息。”

好长的一天，发生那么多事。

第二早，大巧跳起床，哎哟，可有睡过头？

一看闹钟，才早上七时。

她在莲蓬头下沐浴梳洗，飞快赶下楼。

一边抱怨齐大巧你之所以一事无成全被贪睡所害，到了早餐厅，发觉齐老与郝浚已在喝咖啡。

齐老鼻端一阵清香，知是孙女驾到，立即眉开眼笑：“过来坐身边。”

大巧笑嘻嘻道：“你们在说什么？”

郝浚看着表妹那张红粉脸，也真觉好看。

齐老说：“我与阿浚说正经，你不可插嘴，否则赶你离座。”

大巧连忙点头。

只听齐老说：“阿浚你到我公司工作，不必东奔西跑，叫你父母担心。”

郝浚唯唯诺诺。

如果郝哥应允，那他们可以天天见面。

“你家蒙恩，一屋书卷气。”齐老感喟。

“请容我考虑。”

“你已思虑五年，快剪发剃胡，换上西服，正式上班，届时少女追求排一条街。”

大巧骇笑。

齐老忽然问：“你看大巧如何？”

大巧瞪眼，怎么看法？

郝浚朝着她小脸轻轻说：“大巧还是个孩子。”

这时那红衣女走进。

一早已化浓妆，换过衣裳，窄窄红裙，好不鲜艳。

大巧不喜欢她，为免尴尬，告退。

红衣女也不朝他们多看，反正，她心目中只有齐老，与他的慷慨。

这时郝浚也借故站起告退。

大巧笑：“一早受训？”

郝浚看着她，这聪敏女，鬼灵精，却不勤力做任何事。他听过小表妹练琴，一曲《四季》弹得如泣如诉，可是无论如何不愿考试，得不到级数。她这样说：“弹琴，是要做一个有文化的人，不是为分数。”

“没有级数，世人如何评分。”也有现成答案：“我无须世人给分。”

这是大巧真正的优势。

当下她说："老爷从不教诲我，他是老式人，对女生没有任何期望，故此也没有失望。"

郝淩仍不出声。

"你说话呀。"

终于他开口："朱诸这么早见家长，不知结果如何。"

大巧也关心。

这时司机把郝淩的军式大帆皮袋拎下来。

"你又要走了。"怪不舍得。

郝淩摸摸她头顶："好好生活。"

他出门往飞机场。

大巧站在门口看着司机把他送走，胸口不知什么也不翼而飞，好不惆怅。

她走到客房，女佣已在收拾。

浴室有一块用剩的药水肥皂，大巧把它包在小毛巾内，深深嗅一下，是，这是郝哥的味道。

中午，沐荷回来。

她一把抱住大巧，流下眼泪。

"怎么了，怎么了，怎么了，说我知说我知说我知。"

沐荷泣不成声。

古太太叫人斟热茶给她。

她也心急："阿荷，慢慢讲。"

红衣女轻轻走过，知道不关她事，不过也好奇张望一眼，女孩子爱哭，无论悲或喜，都哭了再说，她悄悄走远。

齐宅那么大，上中下三层，一个月也不用碰面说一句话。

沐荷休息片刻，才缓缓把见家长过程说出。

两人带着礼物上沐家，已经通知过，沐家大小穿着便服在客厅等候，都有点不耐烦。

继母准备茶点，边说："在外找一间餐厅包一间房间见面不才最方便吗？"

两个弟弟告假在家，好奇张望。

门铃准时响起，一打开门，就看见一个笑容憨厚肤色健康的年轻人，朱诸为"一表人才"四字现身说法，沐氏夫妇一见就喜欢，脸皮松弛，声音软化。

朱诸说出来意，他这个人也有趣，带着所有身份证明文件，包括护照、身份证、毕业证书、工作证、聘书、粮单、税单、住址、通讯号码，整整齐齐放在活页夹子内，给沐家过目。

大家都忍不住笑。

他说："请允准我回美东岸安排一下，便接沐荷过去。"

沐家有点眩晕，像是忽然觉得这女儿有出息了，不容小觑。

继母忙问："那沐荷两个弟弟，也可托赖到美国升学？"

沐荷这样对大巧说："像是巴不得即刻送走我的样子。"

大巧恻然。

她知道这事在齐家不可能发生，齐老不会允许任何人把大巧带走。

古太太问："沐荷，你是真心喜欢朱诸？"

"我不能要求更多，他超过我所想所求。"

古太太点头。

"你已决定出发？"

"家长已经放行，我已廿一岁，社会认定这个年纪选择对错后果自负，我亦不能为安全关牢自身到三十岁——人生每一步都是险着，我祝我好运。"

大巧心酸，可是嘴巴仍说：“看样子我才是在家坐到三十岁的大龄女。”

古太太啼笑皆非：“你俩把三十岁说得似人生终点。”

“人要有事业才可长寿。”

“我俩一个读文学，一个修美术，只是优雅休闲科目，极难做出成绩。”

际遇这件事真是奇怪，一点不由人。

清丽可人聪敏的沐荷所有的，不过是她自身，沐荷把沐荷押下，希望获得前程。

大巧悄悄与古太太商量：“沐荷只得身上衣服，我们送什么礼？”

古太太肯定答：“现款防身。”

她这样对待嫁女说：“沐荷你要记住，齐宅也是你娘家。”

接着几个星期，沐荷在齐家协助下办签证买飞机票，准备行李杂物。

沐荷有时很高兴，有时却被恐惧突袭：“朱诸若反悔了怎么办？”“他不是反复小人。”“好青年也会后悔。”大巧不知如何安慰。

古太太说：“这叫患得患失。”

真苦。

大巧是富贵闲人，陪着沐荷熬过这一段日夜。

她说话逗趣：“朱子没有缺点，但仿佛单纯一点。”

沐荷心情欠佳也不禁微笑：“要怎样复杂才合你心意？”

大巧无比憧憬：“像郝哥，脸容像是有一个故事，有一天会说出来。”沐荷刚想说话，古太太笑着进来。

她手里拿一沓银票，对沐荷说：“小小礼物，不成敬意，最大额一张是齐老送你，这是我的，还有大巧，洪小姐也有一份。”

“谁是洪小姐？”

“齐老爷的朋友。”

“啊，她倒客气。”

沐荷数一数：“你们厚待我。”泪盈于睫。

古太太说：“我们知道朱博士最近公务缠身，未能亲自接你，我们考虑过，派大巧陪你，你看怎样。”

“哎呀，不可。”沐荷着急，“回程只她一人，她会无聊。”

古太太笑：“那么，我陪大巧。”

大巧也笑："整队人陪嫁，赫赫阵容，叫朱子服帖。"

沐荷忍不住咧开嘴。

古太太说："我也得去准备。"

大巧到名贵内衣店买了多套漂亮内衣及睡衣给沐荷。

沐荷说："大巧我没了你怎么办。"

大巧轻轻答："耳根清净。"

没想到郝浚陪朱诸一起接陪嫁队伍。

大巧说："朱子是怕落单我们会严斥他不亲身接人。"

沐荷见到朱诸，泪如泉涌。

朱诸紧紧抱住她，鼻子通红。

郝浚说："我这才知道什么叫热锅上的蚂蚁。"

行李还没放下，他们便往验血登记轮候注册。

古太太已经有点累，仍笑着说："这一路樱花可真灿烂。"

沐荷忐忑的心总算有了着落，她紧紧握住朱诸的手，再也不想放松，好几个晚上，她心跳伴闹钟，嘀嗒嘀嗒，像鸣奏曲。

古太太先返酒店休息。

郝浚问："可要到实验室参观新制标本。"

大巧本想说“先看朱子新居”，被沐荷眼色警示，连忙改口：“好，好。”心里咕哝：恐龙骨骼有什么好看，每座自然历史博物馆都有一具，三层高，丑得要命。

为着讨好两名男生，只得前往实验室。

设备严密精致，如科幻电影场景，大巧惊叹。

郝与朱那组人多半是华裔，却不一定谙华语，还是讲英语最方便公正。

只见宽敞实验室中央摆着一件模型，华文大字标着“冠龙”两字。

骨骼标本栩栩如生，四条腿做飞奔腾跃状，咧着两排白森森尖齿，叫人不寒而栗，真不愧是暴龙祖先。

实验室内还有一张张大桌，上边排列各式化石，工作人员正仔细剔出泥石，像琢磨名贵玉石一般，一做经年，孜孜不倦，全神贯注，叫大巧吃惊，她不自觉掩嘴，呵，浪费青春。

人家不说她浪费，她先告状。

郝浚在实验室判若两人，他整个人活转。他让大巧看他的报告，其中有照片，是他赤裸上身用电钻凿开岩石寻宝的照片，宽肩晒得赤棕，好不英伟。大巧留意到他没有文身。

半晌，朱诸建议："到舍下喝杯茶歇一歇如何。"

大巧听了欢喜拍手，可脱身了，沐荷又给她眼色。

没想到朱子在短短时间把住家安排得如此诚意周到，叫大巧放心。

简单大方的家具与电器设备一应俱全，还有小房间留作育婴室。

什么都替沐荷准备妥当，朱子双肩宽厚，承担责任，愿意付出。

古太太低声说："亲眼见到，真替沐荷开心。"

大巧点头，吁出一口气。

用过点心，打算告辞，找不到大巧。

原来她倒卧新床，呼呼入睡。

古太太担心："怎么办，像只小猪。"

叫醒大巧，她哈欠连声："我在哪里？"

大家都忍不住笑。

惺忪脸颊红扑扑的，古太太忍不住拧一下。

郝浚把大巧与古太太送返酒店。

大巧这时才淋浴梳洗，站在露台伸懒腰喝冰冻啤酒。古太太过来与她说话。

大巧问："这一对可能白头偕老？"

"他俩实在年轻，白头似相当遥远。"

"离婚率是百分之五十二，很难乐观。"

"他们很大机会是幸存的那百分之四十八。"

"古太最有趣。"

"大巧，人生多磨难挫折。"

大巧忽然心惊："古太，我能应付吗？教我。"

古太太声音温柔："大巧，你一不用为学费烦恼，二不必为住所筹谋，起码少挨十年艰苦，当然人生少不掉苦楚，但已胜一般人许多。"

"是，古太太，我幸运。"

"明白就好，你呢，你与郝哥可有进展？"

大巧沮丧："郝哥不会挑我做女伴，他怕我高维修保养，长不大，他不想整天哄着女友。"

"那你长大给他看呀。"

大巧忽然强硬："我不会为任何人改变我自己，我就是我，勉强无幸福。"

古太太还想说什么，郝浚的电话来了，大巧说："他带我吃马肉三明治，古太太你吃素，失陪了。"

郝浚上来接她，简单白衬衫卡其裤，说不出地潇洒。人漂亮穿什么都好看，娇俏大巧站在他身边，怎么看都是一对。

古太却知道这两个比另一对恐怕要多些阻滞。

意大利三明治店挤满游客，他俩站着吃，大巧赞不绝口："站着也值得，嗯，嗯。"两颊胀得像小仓鼠。

郝浚用手指替她抹去嘴角汁液。

大巧淘气地靠近他的肩膀，用他的衫袖擦嘴，郝浚把她的俏脸推开，触手滑腻。

女性皮肤确比男子滑嫩约二十个巴仙[1]，但大巧脸颊的触感却像丝绸。

他俩在街上散步。

[1] 东南亚一带的华人用语，普通话称为"百分之"或者"%"。

大巧提议："上你家看看。"

郝浚大方应允。

大巧想错了，她以为朱诸那样懂得安排生活，郝浚也一定不差，但两个古生物学者性情大不同。

郝浚的住所像小型迷宫，堆满书报、文件、杂物，以及，当然，各种化石，他们只能在弯弯曲曲的空间侧身走近椅子，椅上也堆满杯碟。

郝浚随便收拾一下："请坐。"

大巧要用洗手间，一进去，呆住，没有卫生纸，坐厕一圈黄色污渍，药柜镜子上全是肥皂印，瓷盆里还剩胡楂，她吸口气，这卫生间太不卫生。

她再到厨房探视，哗，空无一物，一堆堆罐头像积木般排列，连咖啡器也无。

郝浚走进，做即冲咖啡，没有杯子，见空玻璃瓶，冲洗一下，当杯子用。

大巧骇笑，相信戈壁的设施一定好过这里。

幸亏清洁女工这时带着食物用品上来，见有客人，代为服务，又赶紧清洁。

大巧瞪着郝浚，谁要做这人的女伴，那真得有双机械手，不怕脏烦，不怕粗糙，他是个穴居人！

郝浚却毫不在意，他的墙上贴着一张报告。

大巧读出："中美古生物学家合作研究'真兽哺乳动物'起源，显示产自辽宁建昌县玲珑塔地区，距今一点六亿年的髫髻山组，已正式命名为中华侏罗兽，这是代表目前已知最古老真兽类（有胎盘类），将以前的白垩纪记录提前三千五百万年……"

这是郝浚的世界。

大巧觉得她的郝哥确实相信这侏罗兽是他的祖祖祖祖先。

真叫人气馁。

她轻轻问："郝哥你住这里有多久？"

"我不大回来，多数出差在外，自大学起就是这地址。"

"你已习惯？"

"噫，听你口气，好似不大满意。"

"郝哥，朱子比你懂得张罗。"

"大巧，他是丈夫型，我是独身汉。"

“你也总得成家吧。”

“事业未成，怎敢置家。”

“这里住得舒服？”

他倒在榻榻米上，强壮双臂枕在后：“屋宽不如心宽。”

工人离去，大巧才敢用洗手间。

回到酒店，大巧朝古太诉苦：“人是再漂亮没有，真没想到生活如此邋遢。”

古太太忍不住笑：“他若井井有条，你会嫌他娘娘腔。”

世事古难全。

“这问题不难解决，婚后雇一个能干管家，两个不会煮鸡蛋的人，一样可以生活愉快。”

大巧这样说：“我会煮蛋炒蛋还有蒸蛋。”

这次见面，大巧对郝浚有进一步认识。

越发觉得沐荷幸运，朱子是贤夫，天天煮早餐。

古太太为一对新人证婚，大巧与郝浚观礼，一班同伴像克拉克、艾历信与史蓝诺，都带着女伴同来。

沐荷淡妆，穿淡蓝色套装，头上戴一方长长古董香蒂宜头纱，罩到腰际，看上去似小仙子。

两人顺利交换指环。

晚上，古太太做东，到一家著名海鲜餐馆吃大蟹，长桌上坐满兴高采烈的年轻人，又唱又聊。

沐荷悄悄问："明早回去？"

"是，朱太太。"

"我会想念你。"

"朱太太，请妥善持家，并且勤力读书。"

新任朱太太忽然轻轻吟唱："我好比一片浮萍，四处漂流去觅前程。"

大巧恻然，随即笑说："你现在有自己的家了。"

这时沐荷把一个软纸包交到大巧手上。

是什么？大巧轻轻打开，原来是沐荷的新娘头纱。

"这是家母生前为我准备，你不介意，留给你用。"

"谢谢你，沐荷。"

"如果没有齐家，我都没今日。"

两人哽咽。

郝浚看见，对朱诸说："看，这样都要哭。"

朱诸微笑。"听说她们平时还算不爱哭的呢。"

“啊？！”

大巧问沐荷可有穿新内衣——都是迪奥品牌，沐荷答：“有。”

“朱子可有赞好看？”

“他不察觉。”

嘿。

大巧不舍得与郝哥分手。

“来看我。”“你过来，你空闲。”“不，你来。”“看谁有时间啰。”

他不是不喜欢她，但大巧知道，那爱远远不及玄古刀齿虎的一枚牙齿化石。

大巧回家。

少了沐荷，日子更寂寞，幸亏不久开学，最后一年，同学们坐在演讲厅辩论，讲师出一条题目：“市府某议员说读书不要看小说，请予不同意见。”

大巧轻轻说：“青菜萝卜，各有所好，甲之熊掌，乙之砒霜。”

有同学骇笑：“那即表示他不读红楼水浒，聊斋西厢，当然也不看莎士比亚、狄更斯、勃朗蒂、哈代、乔哀斯、海明威、史坦培克、马尔克斯等著作，请问他看什么？”

大巧淡淡答：“爱因斯坦的相对论，达尔文的进化论，霍金的宇宙论。”

“或者是‘长生之道’‘致富之秘’‘少林秘籍’‘名人艳史’‘百家乐必胜法’。”

“看，选择多多。”

“哈哈哈，还有‘十万个为什么’与‘医学报告’。”

“各人有各人快乐。”

“你最近读何书？”

“呵，我自己动手写小说。”

没有这班同学，日子不知如何过。

每日早起，总可见到红衣女陪齐老爷喝咖啡。

她在齐宅出入有一段日子，约有年余，甚或更长，齐老让她自由进出，可见地位与别人不同。

大巧仍不知她名字。

大巧不想知道，同她没有关系的事，忠告是：“就别理那么多了。”况且，她与她，都是齐宅吃闲饭的人，唉。

古太太也当作没看见红衣女，从来不与她做眼神接触，但吩咐用人们殷勤招呼。

秋季来临，小朱太太告诉大巧，她已怀孕。

啊？啊！大巧无比感慨，这么快，或许，一个女子正常一生，就应该如此。

大家替朱家高兴，古太太立即命人订购一至三岁幼儿家具服装用品，送往朱宅，又去定制金币金锁等首饰，这样叮嘱："要抱回给我们看。"

朱子两口不住答应，朱诸的嘴笑成这样：U。

露水的世

贰·

有什么事，
明天再说，
明天又是另外一天。

初冬一个深夜，或是凌晨，古太太到大巧房间，把她叫醒。

“什么事？打仗了吗？”

“阿巧，起来，更衣下楼，齐老要说话。”

大巧这时忽然觉得脑后寒毛竖起，不安的感觉像一股寒流，自顶至踵贯通。

她立刻换上卫生衣跟古太太走到齐老书房。

没想到书房有客人，刘、王两位相熟律师都沉着脸默坐，红衣女抱臂站在阴暗角落。

天未亮都起来了。

什么非同小可的事。

“大巧，坐下。”

大巧只得轻轻坐一旁，古太太站她身后，手搭大巧肩上。

齐老不徐不疾地说：“大巧，巴黎警方在福克大道公寓内发现你父母，初步怀疑因过量服用鸦片类药物羟考酮致命，死因无可疑。”

大巧清晰地听到祖父说的话，她做了一个奇怪的动作，她抬起头，看了天花板一下又低头，维持缄默。

齐老接着说：“我无奈要与律师走一趟，办理后事，大巧不必走动，好好在家读书。”

整间书房静得像墓地。

大巧忽然说：“那我先回房温习。”

她轻轻站起，转身，一声不响，走回楼上。

她听见祖父说：“古太太，请帮我收拾简单行李。”

红女衣轻轻说：“我陪你。”

大巧回到楼上，掩密房门。

这种时刻，谁也没空理她。

大巧做了一件更奇怪的事，她到班主任网页上查到自己名字，数一数所欠功课，一共五篇，讲师红字警告：如不在两星期内补交，不予考试资格，不能毕业！

大巧吸一口气，从抽屉里取出一罐红牛牌提神饮品，开亮所有灯，专注写功课。

她努力把世上其他事摒弃脑外，取出课本，全神阅读，把草稿在计算机上打出，随手添删改正。

天亮了，古太太叫大巧："老爷要出门，送一送。"

大巧丢下笔，跟古太太来到楼下。

司机正把行李抬上车尾，齐老看到大巧，把她紧紧抱在怀里，大巧双臂环抱祖父腰身，过好一会儿才松开，祖孙都没有哭泣。

一行四人上车离去。

只剩古太太陪伴大巧。

用人做了白粥端上，大巧喝了两口，继续写功课。

这是一种逃避，失恋失意的人，都说要回返校院就是同一意思。

古太站到窗前，轻轻地说："能够哭一场，也是好的。"

大巧只"嗯，嗯"回答，像没听真古太太的话。

"齐老真可怜，什么都有，就是欠子女缘，白头送黑头，唉。”越说越轻，像自言自语。

中午，第一篇欠文写好，按“传”字送给讲师。今日为人师表，非要有些幽默感不可，他这样说：“什么风把齐小姐的作业吹来，不胜荣幸，深切期待下一篇。”打一个C字。

大巧继续做下一篇《十九世纪英社会受狄更斯的影响》。

她三日三夜没休息。

古太太很担心，说什么大巧都听不进去，忽然发愤图强，书本摊一地，手里抱一盒饼干，逐块吃，全身饼屑。

“大巧，沐荷同你说话。”

视像电话打开，沐荷若无其事，微笑说：“巧，本来要回来陪你，但胎儿作怪，叫我整天呕吐，行动不便，我已辍学在家休养。大家都爱你，千万撑住，照顾老爷。”

沐荷头脸有点浮肿，但双眼充满喜意。

大巧说：“祝福。”

古太太问：“累吗？”

“老爷抵巴黎否？”

“已经办妥事宜，稍事休息就返。”

大巧低头打功课，第二篇，得到B-，评语是“意见精到，可见齐小姐非不能也，乃不为也”。

“我要上学。”

古太太无奈：“这种时分，告几日假也是应该的。”

“我太不勤学，我叫祖父失望。”

“他爱你无论你怎样，在他眼中，你不会错。”

“那我更加要做好一点。”

大巧已有多日没梳洗，她进浴间，取起郝浚剩下那块药水肥皂，闻一会儿，放下，又再工作。

下午，她觉得晕眩，站不稳。

偏偏这时，用人进报：“小郝先生来了。”

古太意外：“谁？”

大巧一听，忽然灵魂归位，胸口炙痛。

她奔下楼，可不真是郝哥。

他丢下帆布包奔近，把大巧紧紧裹在大衣襟内，让大巧伏在他胸前。

大巧先是饮泣，随即号啕大哭。

忍足三日三夜，像是受罚留堂的学生忽见家长来接，才放声哭泣。

郝淩亦红了双眼。

古太太叹气。

半晌，郝淩打开衣襟，看大巧一眼，只见她皮肤干涸，熊猫眼，一额疮，小美人变了样子，他心酸连忙掩上衣襟。

“不吃不睡……”古太太嘀咕。

“给大杯蜜水。”

“真是，我怎么没想到。”

大巧伏胸前，嗅着郝哥气息，忽然觉得安全，累得撑不住，一脸眼泪鼻涕，抱着他饮泣。

郝淩抱她上楼，放在床上，本来是十分旖旎的一个动作，此刻却充满悲恸，郝淩把大巧裹在毯子内，到浴室绞一把热毛巾，想替大巧敷脸。

再走近，发觉大巧已经昏睡，他看到她嘴唇干裂，面容憔悴，忽觉胸口炙痛，他不由自主躺到大巧身边，伸手揽住她，把头靠在她肩上，忽然倦得说不出话，前半生所有不如意的事泉涌至心，他也闭上眼睛，听着大巧呼吸，沉睡过去。

古太太端着蜜水进房，看到这种情形，叹口气，年轻真好，做什么都不觉猥琐，她把杯子轻轻放下，替他们关紧房门。

大巧总算哭出来，心中郁气略为泄放。

有什么事，明天再说，明天又是另外一天。

两人当中，是大巧先醒，睁开眼，心头澄明，知道父母已经不在人世，她此刻身份，正式叫孤儿，比她更可怜的祖父，从此只与幼稚孙女相依为命。

大巧发呆，忽然发觉郝哥躺在她身边，她闻到汗息，轻轻侧头看他，郝浚是可以细看的男子，两道浓眉真像剑一般，又长又宽，纹络清晰驯服，好看煞人，胡子一路自鬓角长到下巴，再延到下颌，顺着到胸毛，像在说“我是男子”。

大巧觉得口渴，取过蜜水杯，一口喝尽。

古太太进来，给她一碗鸡汤蒸蛋，大巧摇头，表示吃不下。

身边郝浚却脸红红起身：“给我好了。”

古太太说：“我再给你下碗面。”

他们两人站起，大巧从背后抱着他，脸靠他肩上。

“我全身汗臭，待我洗个澡。”

“不，就这样。”

郝淩只得背着她把炖蛋吃光，接着，又吃软熟的青菜煨面，齐宅厨子无论做大菜或小点均一级美味。

“你也吃一点。”

大巧摇头。

郝淩渐觉背脊微温濡湿，知道大巧默默流泪。

古太进来，看着两个蓬头年轻人，轻轻说：“还不梳洗，齐老快回来，等你们安慰。”

一听，果然是，老人比他们还伤心。

郝淩说：“我最臭，我先洗。”

他再进大巧浴室，剥下汗湿了再干的衣物，不但臭，且僵硬，裤子、袜子都会直立。

古太打开郝淩帆布行李包，却找不到干净衣裳，只得把齐老的运动衣借他。

一边郝淩在浴间看到大巧用的铃兰香皂、沐浴露与洗发精，实在不合用，忽见一小块药水肥皂，便取过擦身洗头。他淋得痛快，突然想起，这块肥皂，气味颜色形状都那样熟悉，同他用惯的一模一样。噫，这不正是他的肥皂，怎会在此出现？他缓缓地明白了，呵，大巧少女的情怀。

他怔怔擦干身体，换上衣裳。

那边大巧也洗干净了，正坐桌前写功课。

郝浚走近吻她头顶。

“写什么题目？”

“这一篇我选《比较雨果小说中各个女性地位》。”

“啊，多头痛。”

“你呢，下一个计划是什么？”

他取出手提电脑，让大巧看记录。

“噫，是北美与南美两大洲，哟，怎么会连接一起？”

郝浚解释：“六千五百万年前，两大洲并不相连，生物各由各生存进化，一次，大陆板块移动，将今日的巴拿马推到两洲当中，卡住，形成大陆桥梁，变成此刻模样，直至百年前，开发巴拿马运河，又将两陆分开。”

连站在门口的古太太都听得发呆。

“大陆板块每年移动约一厘米，比人类指甲生长更慢，所以，亿万年沧海桑田。”

古太太想，这一对年轻男女假使可以结合就好了。

郝浚说下去："最近巴拿马运河为配合新型大货船邮轮扩建，工程中发现四周焦油坑中埋着无数初祖象骸骨——"

"长毛猛犸？"

"不，两万五千年前的始祖象，自北美迁徙到中美。"

"哎呀。"

这时古太太收到一个电话。

她报告说："齐老回来了。"

郝浚跳起："我去接。"

"车子已经在大桥上，三十分钟抵家。"

"怎么不早通知？"

"这是他的意思，大巧，过来，听我说，齐老回家，一切如常，不要刻意怜悯他，他若不提起，请勿与他谈论该事。"

郝浚沉默。

大巧答："我明白。"

古太太松口气，连忙吩咐用人办事。

车子到门口，大巧想迎出，被古太太摇手阻止。

郝湲心酸，这女孩生活并不容易，唉。

齐老进门，大巧才自楼梯走下，一见祖父脸容，惊骇之情毕露，怎么他脸上全是皱纹，大眼袋，腮肉挂下，也就是个七十老人。

红衣女握着他的手，其实是扶着他。

他唤孙女：“大巧。”

大巧走近。

齐老轻抚她头发，半晌才说：“去，去玩。”

然后，他由红衣女搀扶着缓缓上楼休息。

两名律师也显得筋疲力尽，古太太连忙招呼茶点。

片刻红衣女下来，同古太商量齐老膳食：“他不要粥，吃了也没力气，做菜肉云吞可好。”

大巧与郝湲回房，她写功课，他忽然说：“大巧，我们结婚吧，跟我去巴拿马。”

大巧一听便微笑，这种时刻再不长大也不好算人了。她说：“我不要你怜我。”

“你知道我一直爱你。”

“我也爱你郝哥，这与结婚两回事，再说，巴拿马近赤道，恒温摄氏五十度，遍地疟蚊，晒得起泡，我才不去。”

这下连郝浚都笑出声。

“郝哥你笑时真好看，多笑一点。”

大巧伸手摩挲他面孔腮帮。

郝浚说：“小息，我俩出去走走。”

“不如游泳，好久没练。”

他们走到后园，两个年轻人也不耐烦换泳衣，脱去外衣，便跃入水中。

大巧轻轻伏在郝浚背上：“像海豚般背我游。”

大巧重重吐气：“郝哥，疼我多一点，我是孤儿了。”

郝浚只是潜水，不出声。

大巧又说：“我真想一眠不起，同父母一起往生。可是又想，见面说什么好呢？一向分开生活，各归各，一年也见不到一次，十分陌生，而且对他们的生活方式不敢恭维，真矛盾。”

郝浚越听越难过。

他们不知红衣女在露台看他俩，先是好奇，然后艳羡，然后，双眼冒起雾水。

少女是应该这样过日子：在大学挂个名，要不耍懒，要不用功，随意。不愁衣食住行，与漂亮得像时装画报里那样的同龄男子厮混，喜欢就行，不理结局。不高兴了，回家，哭一场，再来过。

红衣女从来没享受过那样的日子。

中学毕业，她找到证券行工作，坐大堂做接待员。她喜红色，身上穿制服，可是总戴一只红头箍。不到三个月，老板便约她周末吃饭，就那样，过了整年，只是小心翼翼聊天说笑。聪敏的她一句是非也无，亦无要求。

终于，她开始进出齐宅，齐予在外边替她置了房子。她不用上班，但是，他很坦白告诉她，他不会再婚，并且可能还有其他女友。

因为家里需要她资助，并且，她觉得齐予牢靠，她佩服他的才华学识，关系就此开始。

她心静，一早发觉那小小刁钻女大巧是齐老的灵魂。那时，大巧才十一二岁，活脱小公主，动辄发脾气，若不是一张脸像瓷娃娃，真无人可以忍受。屋里只有古太太可以说她几句，人人避之则吉，红衣女从不与她眼神接触。

同是女子，命运如南辕北辙。

同样年纪，那沐荷就比大巧懂事乖巧。

不过，那般横蛮已能享受生活，何必听话。

各式各类小男生坐在会客室，等个多钟头，大巧有时见他们，有时不，有时从后门溜走。

大好时光，那班男生却如此糟蹋，不可思议。

就那样，六七年过去。

红衣女的地位始终不上不下。

能够维持现状，已经不错，她低调沉默静候。

没想到能在这次悲剧中得益。

她跟随齐老往欧洲办事，他样样依靠她，不让她离开半步，她贴紧侍候，那几天真不好过，她的地位却明显得到提升。

一向慷慨的齐老再把一笔款子以红衣女名字存到蒙地卡罗户头，此举叫她终于放心。呵，这是都会中具姿色女子不罕见的桃花宿命。

不过，齐予已是老翁，而她，也不再年轻。

当下，她在露台呆视郝浚金棕色强壮布满雀斑肩臂，驮着大巧，矫若游龙，在水中穿梭，她不敢多看。

她回转照顾齐老。

他用头枕着手臂侧卧着睡，他忽然瘦下来，又丢下运动，显得苍老，日子有功，她已与他蕴养感情，她不认为她会离开他。

在池里，两个年轻人终于累了。

大巧搓揉郝浚胸前汗毛，又举起他腋下看个仔细："咦，都连在一起，你是毛毛人。"

郝浚挡开她的手，跃上池边，取过大毛巾裹住下身。

大巧本色，已经伸出手要扯下郝浚身上的毛巾，忽然想到目前的身份：世上哪有如此荒唐快活的孤儿？她垂头不语，进屋内冲身更衣。

郝浚到厨房斟水喝，用人说："叫我们不就得了。"

"请做两杯长岛冰茶。"

古太太跟进："天气又不热，喝热柠茶。"

郝浚无奈只得接受管教。

古太太说："齐老起来了，在书房等你说话。"

郝浚放下茶杯："我马上去。"

“大郝，”古太太叫住他，“我是外人，原不该说什么——”

“你说，古太太，我喜欢听。”

“大郝，无论齐老有何意见，请你顺着他一点。”

郝浚点点头。

他敲门走进书房，发觉只有齐老与红衣女两人，他没叫大巧。

齐老说：“请坐。”

郝浚坐下。

红衣女仍穿着红衣，若不是靓妆与红衫，不喜说话的她，叫人难以察觉她的存在。

休息与修饰过的老人正在喝参茶，那股特殊的中药清香，不难辨认，他精神似略佳。

“阿浚，你这次来是陪大巧吧。”

郝浚点头。

齐老重重叹息，忽然轻轻吟道：“露水的世，虽然只是露水的世，虽然是如此。”

郝浚低着头，不敢抬起，怕眼神出卖他内心凄酸。

“人生不满百，常怀千岁忧。你读考古，动辄研究千亿万年前生物，由此可知，你我生命不过如朝露般短暂。但为什么明知一切如过眼烟云，还为诸般不如意事嗔妒痴悲，忽而手舞足蹈，忽而失声痛哭，无论如何放不下。”

郝浚见老人如此悲切，不知如何是好。

红女衣这时缓缓走近，伏在齐老膝上。

齐老轻轻说：“郝浚，你这样喜欢大巧，不如结婚吧。趁我在，我替你们主婚。”

郝浚摇头：“要问过大巧。”

“嘿，她是小孩，问她做甚。”

郝浚心想，好专制的老家长，不过，他是真心疼爱大巧。越是怜爱一个人，越觉得她又蠢又丑又长不大，不得不一辈子照顾她。至于不喜欢的人，都是鬼灵精、狐精、蛇精，会吃人，不吐骨头，不用替他们担心。

“还有，那件事考虑没有？我快退休，没有亲信，公司只得关门。”

郝浚欠一欠身：“我去一趟巴拿马，完成合约，便可回来学习。”

“啊，总算有个具体计划。”

“希望不会叫你生气。”

齐老松口气，还想说些什么，可是又怕太过干预，只说：“叫大巧一起吃云吞。”

郝浚微笑：“老爷你是想说——”

“婚后陪我一起住可好。”

郝浚故意抬杠：“我一向主张小家庭。”

齐老颓然：“我也知道，但，大巧生养，幼儿可否天天来玩？”

越说越远，远处有亮光。

“沐荷明春生养，她说好回来住一个月。”

“沐荷那胎是男是女？”

忽然就像其他所有老人，只有说起幼儿，才会有点乐趣。

“他们不计较，好像是男胎。”

齐老有点失望：“也好，一岁已神气活现，穿球鞋咚咚咚走来走去。”又产生憧憬。

古太太说：“点心准备好了。”

红衣女扶着他走到饭厅。

他并不特别伤心，他只是老了十年。

对于悲剧，一字不提。

红衣女很稀奇，她端张小凳，抱着碗，坐在他身边吃一点。

各人胃口欠佳，大巧只吃几颗蛋白虾仁，本来最喜欢的美食，今日只觉涩苦，整条舌头味蕾罢工。

齐老喝半杯热茶，这样说："长途飞机真不是人坐的。"

红衣女陪他到园子小坐。

古太太轻轻说："从前他有什么不开心，只有大巧在书房门口鬼祟探望，并且哈哈笑，才逗得他高兴。今日大巧已经成年，连我都怀念小小活泼的她，穿着漂亮小裙，眼睛与头发漆亮，像瓷娃娃。有时真想不明白，人长大之后，小时那个去了何处？似自己抢了自己肉身，无处寻觅，太叫人遗憾。"

可见古太太也真伤心。

大巧忽然问："我从来不知洪小姐叫什么名字。"

"她叫洪透。"

"啊。"大巧想，多么有趣的名字。

“洪小姐的工作不好做呵。”

是，确是一份工作。

基于礼貌，郝浚走开一点。

古太太说下去：“这些年，洪小姐专心守在老爷身边，从不私自出席宴会，也不想做时装或礼品店消磨时间，除了陪伴齐老说话下棋看电影出游，也只是看看针织杂志学习编织，奇怪吧。”

大巧点点头，最佳女伴。

看得出古太太对洪小姐是有点尊重的。

大巧过去拉郝哥手：“给你看我儿时照片。”

她找出照相本子。

郝浚诧异：“你可有制电脑记录？”

“这就是复制品。”

打开，看到一张褪黄结婚照片。

“这是你爸妈。”

“不，是祖父祖母。”

郝浚脱口而出：“大巧，你拥有世上最漂亮的祖父母。”

他们穿着古典传统式样礼服，丝毫无过时感觉，连一向不注重外表的郝浚都忍不住赞叹。

大巧点点头，翻过一页。

“这是我姑姑。”

小小五六岁大女孩，似模似样握着小提琴，是两角辫子的安琪儿。

“那时她已学习帕格尼尼，都说是天才，你没见过他们，我也没有。”

她又翻过一页：“这是我爸妈。”

郝浚看到美丽的一对新人都穿着黑色男式燕尾小礼服，只不过新郎戴粉红色领花，新娘戴灰色，两人都留长发。

郝浚说：“像时尚杂志插图，齐氏一家人有美貌遗传。”

“可是，不得长寿。”

“你呢，”郝浚即时说别的，“你幼时相片？”

大巧取过另一部。

“唉，同你姑姑长得一个模样。”

“都那么讲，祖父说是上天赔还他的，我在这间屋子长大，一直陪着祖父。”

每年她都拍摄一张报名照，顺次序排列，小女孩渐渐长大。

“这是你与我唯一合照。”

可不是，在照片里，十二三岁的郝浚虽与大巧合照，可是站得远远的，并且皱着眉头，一点也不高兴的样子。

郝浚哈一声：“我也有这一张。”

“这是沐荷与我，唉，真想念沐荷，不如去看她。”

古太太在身后搭一句：“你这时候不适合探访亲友，也不好饮宴。”

“要戒多久？”

“照夫子所说，是三年；今人，一年吧。”

“沐荷是至亲。”

“是，沐荷像小姐姐般，她不在俗礼之内。”

大巧松口气。

古太太又说：“我替你准备一些衣服。”

“半打牛仔裤，半打卡其，白衬衫，黑大衣。”

郝浚微笑：“那与我一样了。”

过两日，郝浚收拾行李袋，又要出行。

“真舍不得。”大巧抱住他，“带我一起。”

“摄氏五十度，疟蚊、焦油、骸骨。”

“我先住沐荷家，然后找你。”

“史密松研究所在该处有地位，无人不知，但，你如何找司机接送？”

“我用卫星导航自驾。”

“太危险了。”

“孤儿尚有何惧。”

郝湰凝视她，悲剧发生，她终于成长。

“毕业后你可到齐氏证券工作。”

大巧回答：“我其实不介意占一间海景办公室写写信聊聊天，又有秘书听电话，一边学习一边看风景，可是祖父说人一与钱财厮混，便变得恶浊不堪，尤其是女子，学得粗鲁尖刻，故他孙女万万不可学做生意，守在家待嫁最好。”

郝湰骇笑：“那世上便少了一半劳动力。”

“你不反对女子做事？”

“我根本没想过人可以没工作。”

“郝哥，你走之后我连说话的人都没了。”

郝浚轻轻抚摸她脸颊：“那就少说一点，不讲不错。”

大巧也觉得沉默添尊严。

她亲自送郝浚到飞机场。

大巧双手抱住他手臂，头枕在他肩上，直至他进候机楼。

然后，怀抱空虚，上车回家。

古太太迎出：“祖父与你说话。”

原来齐老决定放下工作，打算用两个月与红衣女乘船环游世界。

“这次，会经过苏伊士与巴拿马两条运河，人力真可胜天？我想不。如果累了，我会实时返转，你呢大巧，可有计划？”

“我去探沐荷。”

齐老点头赞同。

红衣女诸多行李中，有一只直竖柜，两门打开，像只衣橱，一边挂衣裳，一边有抽屉，大巧甚有兴趣。

红衣女忽说话：“我叫人帮你定制。”

原来她声音略低，所谓 husky voice（沙哑嗓音），有点性感，不过华人认为女子声音欠润是一种破相。

“我以为你只对我祖父说话。”

红衣女忽然笑：“与别人说破嘴有何用，除出齐先生，谁也不理我死活，人生得一知己足矣。”

轻描淡写几句话，字字珠玑，无限凄酸。

“你怎么看我与郝哥？”

红衣女走远几步，轻轻说：“与我无关，我没有看法。”

大巧颔首，祖父找对了女伴。

他们与古太太先出发，过两日，大巧也离家。

她事先通知沐荷：“我会住酒店。”

沐荷干脆说：“那就不用来了。”

“你家没客房。”

“婴儿尚未出生，你睡那里，婴儿出生，你陪他，喂夜奶。”

“你倒想。”

“我当然想。”

在飞机上，她独自站在舱头看云层。

英俊服务员搭讪：“齐小姐，可要一杯饮料？”

大巧摇摇头。

他轻轻问：“发生什么事，为何不开心？”

“我父母于上月辞世。”

服务员悚然动容，再也不出声。

到达目的地，在飞机场租一部吉普车，驶出公路，才发觉北国下了初雪，薄薄一层遮盖大地，洁白纯净，叫人心宽。

大巧有点瑟缩，把毛线帽拉低一点，往朱宅驶去。

途中她凭导航器找到熟食店，买了鲜花糖果蛋糕以及五磅烤牛肉等，放满后座。

到了朱家，见大门前贴着彩纸：“欢迎齐小姐大驾光临。”

这时雪下得比较紧，大巧黑色大衣肩上沾满雪花，邻家小男孩向她打招呼：“你好吗？”低头搜集雪球。

沐荷来开门，看到大巧苍白凄苦脸容，心里不忍，握她双手，大巧看到沐荷浮肿地挺着大肚，也暗暗吃惊。

大巧把礼品搬进小公寓。

沐荷笑：“提早过圣诞。”

她也不客气，打开蛋糕盒子，挑奶油最多的那几块吃。

公寓虽小，设备齐全，大巧反而觉得安全。

“咦，朱子呢？”

“他无限欢迎你探访，但最近转了文职，一时走不开。”

大巧把牛肉切薄片夹麦包吃，又取过啤酒对着瓶嘴喝。

沐荷胃口奇佳，除了烟酒，什么都要。

“阿荷你也别吃太胖，坏了身段划不来。”

“我倒没考虑到这点。”

大巧说：“你与朱子都是好人，婴儿一定也有良心，不会作吵。”

沐荷忍不住笑。

大巧轻轻问：“朱子为你与孩子转文职，他现在何处工作？”

“在一间奥都邦学会，研究生物分子。”

“从未听过这间研究所，可见低调。”

“这间研究所，其实是一间实验室，工作人员已把世上大部分生物因子抽出用液态氮冷藏，随时复制，最近成功取得古生物因子，更进一步。”

“呀，那是一艘现代方舟，太骇人。”

沐荷笑：“我也那样想。”

大巧摊在沙发上与沐荷闲话家常。

沐荷问：“学业如何？”

“说来好笑，终于交齐功课，寒假后考毕业试。”

“你还好吧。”

“怎么好法？只剩我与祖父，从此不会真笑。”

沐荷不出声，人人都有苦处。

大巧问：“朱子几点回来？”

“每天准六时。”

“你们恩爱，生活愉快。”

“真想不到他对我这样好，我觉得否极泰来，一生最好时刻，便是今日。”

“羡煞旁人，如何好法？”

“事事以我为重，替我设想，周全、体贴、承担、保护。”

大巧感动，他俩认识三天便结婚，而有这样好结局，真算奇迹。

说着，大巧在沙发憩着。

她好久没熟睡，这一觉好不香甜，梦见与生母逛豪华时装店，七彩缤纷，都是最新锦衣。大巧见母亲如此高兴，一直跟随身后，又听见母亲同店员说：“像不像姐妹俩？哈哈。”大巧忍不住落泪。

这时她听见朱子愉快的声音：“我亲爱的小姨子齐小姐在何处？小生来迟，切莫怪罪。”

“嘘。”沐荷压低声音，“她正好睡。”

两夫妻走远。

大巧微微笑，她全听见，只是醒不转。

稍后，听见盘碗响，小两口在厨房做饭菜，叮叮咚咚，香气扑鼻。大巧再也忍不住，挣扎起来，啊，家庭乐，怪不得要结婚。

朱子一转头，看到不修边幅刚睡醒又黄又瘦的大巧，与平时娇俏的她恍若二人，不禁怜惜，被沐荷眼色阻止。

大巧心知肚明：“可是像蓬头鬼了。”

朱子连忙冲杯玫瑰普洱给她：“喝杯热茶，梳洗后便可吃海鲜烤饭。”

大巧点点头。

走进沐荷的浴室，熟悉亲切，大巧知道日用美容品放在何处，每样都用得着。

三十分钟后出来，焕然一新。

只是朱子忙这忙那，笑嘻嘻服侍她们姐妹。又抢着洗碗做咖啡。

大巧轻轻说：“雇个用人帮忙较妥当。”

“工人每周来两天做清洁工作，但家务是永远做不完的工作。”

“你俩自给自足自得其乐最最幸福。”

这时沐荷看着大巧：“郝哥呢，你为何落单？”

“他在巴拿马，过几天我去看他。”

朱子一听，忽然站起，又缓缓坐下。

大巧轻轻说：“我知道，那不是公主去的地方。”

沐荷笑：“朱子你少担心，爱战胜一切。”

“你得往卫生局注射一连串防疫针，并且，带备清水药物干粮，我替你联络可靠导游。”

大巧声音更轻：“你们要知道，我并不是真的公主。”

“大巧，振作。”

大巧这样说："关于巴拿马，我读了一些数据，该国在中美樽颈之地，本是墨西哥属土，法人开凿运河失败，美罗斯福总统接手，墨政府反对，美国索性协助巴拿马独立。美人巧取豪夺，政变成功，先建公路运送器材，再令军医彻底治疗疟疾，工程师苦不堪言，美方用军人，辞工即成逃兵，以军法处罚。结果，自一九〇四年苦战至一九一四年运河建成，成功打通太平洋与大西洋。北美洲西部船只与亚洲往来，再也不必绕过南美尖端。美控制运河一个世纪，现时才归还巴拿马。"

"该小国命运像个薄命女。"

"要自身争气，努力富强。"

说说笑笑，时间容易过。

一日磨一日，大巧竟在小小朱宅消耗两个星期。

她陪沐荷散步，替她按摩双腿，用油膏揉肚皮："这么大，吓坏人，又不是孪胎，奇怪。"陪她复诊，吃小点，打中觉，连大巧都较前些时候圆润。

她舍不得走，与沐荷一起打毛衣、做饭、打理家居。

这时，朱家连奶瓶都买齐了。

朱子说："去，探访完大郝再回转。"

大巧大力拧朱子面颊："婴儿如果有酒窝，我也这样对付他。"

"你可想念大郝？"

"想得不得了。"大巧直认不讳。

"足够共度余生？"

她微笑："我还有自己的事要做。"

"那又是什么？"

大巧回答："我为名作家，出任城内名媛——"

朱诸指出："都与名有关。"

沐荷却说："你听她的，都不过是借口，其实她与大郝，都有保留。"

大巧问："为什么叫他大郝，个子大？"

"大郝：大好，郝哥：好哥，他姓氏占优势。"

大巧轻轻说："我还想吃吃睡睡，无所事事，你看你们，为这个家多忙碌，等孩子出生，连坐的工夫也无，太吃苦。"

朱诸点头："未能忘我。"

“朱子你应知你多幸运，先进国家妇女迟婚，21 世纪新女性不愿生育，巴西在十年内人口起奇突变化，出生率锐减，原本每个家庭有四名子女，现时只得两名或更少。皆因国家经济情况改进，女性可以找到工作，成为生力军，不再待在家做全职母亲。沐荷放弃学业为你生子做饭，嘿，你几生修到。”

“三生，”朱诸笑，“修足三世。”

大巧终于收拾行装，她说：“往西天取经，少了徒儿跟随，多没意思。沐荷你从此是朱家奴，眼中再也没有别人，总要到孩子入大学才得释放。”

朱氏伉俪再三赔不是。

小型飞机抵巴拿马专用飞机场，大巧倒抽一口冷气，候机楼竟无空气调节，大巧觉得全身犹如被热风机对着吹，头发都要烤焦，顿时出了一脸油浑身汗。

她站在飞机场门口发愁，看到柏油路外就是黄土地。

这时一辆破吉普隆一声停在她面前，引擎轰隆轰隆喘息，一个贼头狗脑黑肤小青年跳下车，上下打量大巧，用西班牙语问：“齐女士？我叫昆丁，朱博士约我来接送阁下。”

这就是她的导游司机。

“请上车。”

“我想稍事休息。”

“我送你到旅舍。”

“请替我找一间空调房间。”

那昆丁把车驶往游客区，市容渐趋整齐。

只见男女老幼都穿彩艳衣裳，大巧曾旅游里约热内卢，欣赏整个南美冶艳：花卉、鸟兽、居民，都大红翠绿鲜紫嫩黄。他们头发皮肤漆亮，夺目到极点，与温带国家像灰暗英国恰恰相反，不似同一世界生物。

游客区照样不乏晒得黄肿烂熟龙虾似的西方游客，回家通通要脱层皮。

大巧给昆丁丰厚小费：“明朝八点，准时来接，把车子修好，如果坏车，我要你头。”

“是，是。”昆丁咔咔笑，一边摸着脖子，像是丝毫不介意。

站在阳光下片刻，大巧手臂已经炙痛。

呵，她垂头，她不是公主，却是脓包。

沐浴后等到黄昏，她才到露天茶座喝杯冰茶，游客兴高采烈随吉他声起舞，丝毫不介意热浪。

大巧又觉透不过气，走到附近档摊买顶宽边帽子，这种草织帽，可不正叫巴拿马帽。

她走到树荫，似预知今番要吃苦，忽觉肩膀痕痒顺手拍打，一阵刺痛，转头一看，只见肩膀红肿，一只黄蜂连刺带身被她拍入肉中。这是大忌，她跌脚“哎呀”，奔进酒店找医生。

医生不知好气还是好笑，替她拔出残蜂敷上药膏叫她喝水休息。

回到房间，大巧同自己说：“我要回家。”

她把门窗锁实，疲倦上床。

第二天梳洗完毕，她戴上草帽，蒙实面孔，穿长袖衣长裤，登山靴，出门等昆丁。

昆丁一见她如此模样，想笑又不好笑。

他说：“齐小姐，史密松营地离此不远，并非蛮荒世界，你不会遇见猛兽。”

大巧不去理他，买了一打瓶装水，面包香肠，跳上破旧开篷吉普车。

一早，她已经汗出如浆，头晕眼花。

百分百都市人身娇肉贵的她很明显来错地方。

她有点心酸：大郝，你看我为你做的事。

车子根本没有避震，颠簸地驶出，大巧握紧扶手，看远处风景。

经过小摊子，昆丁买一种肉馅烧饼，大口吃，大巧看都不敢看，她胸口作闷，脱下长袖衫凉一凉。

昆丁忽然怔住。

大巧问："又是什么？"

昆丁指指她肩膀。

大巧一看，连她自己都吓一跳，忙不迭叫苦，昨日被黄蜂针刺之处红肿不堪，手臂粗了一倍，她懵然不觉。

坏了，她一摸，那片肉滚烫。

昆丁连忙说："我们回转吧，我同你看医生。"

大巧忽然光火："死就死吧，快开车，往前走。"

昆丁说："死倒不会，营地必有药物。"

车子又轧轧声开动。

大巧浊气上涌，咬紧牙关，再也不出声抱怨。

看到营地，首先松气的不是大巧，而是昆丁。

“前边没有车路，但是那一列白色大帐篷正是史密松营地，步行五分钟可到。”

一路泥泞，一脚踩下，埋到足踝深，这泥深黑色，含焦炭，有股恶臭，这五分钟步行不简单。

昆丁本想说“齐小姐我在这里等你”，可是看到大巧踌躇，便取过大伞与拐杖，脱去鞋子，挂肩上，陪她出发，他天然大脚与粗壮足趾抓紧泥滩，步伐稳定。

大巧看到他赤足，他笑口说：“鞋子还半新，不好弄脏。”

小子如此节俭，叫大巧无言。

她小心翼翼一步步向前走，那几座大帐篷像海市蜃楼，美国人做什么都有一套准则，设备工具最重要，一丝不苟。

就在这时，大巧脚下绊到一块石头，她身子向前冲，昆丁眼疾手快忙不迭扶住，她已跪到泥中，溅得下半身都是黑斑。

“没有扭到吧。”

大巧摇摇头，更加坚毅往前走。

小青年不禁纳罕，这个秀丽东方少女，千辛万苦到运河边来干什么?

电光石火之间，他恍然大悟，她是来找爱人。

连小青年都有点感动。

二十分钟后，他们总算挣扎走出泥地，撑上小山坡，可以看到考古人员在一个大坑工作，地面井井有条画满格子。

昆丁讶异说："这么多人。"足足十多二十个。

大巧焦急用目光搜索大郝。

昆丁关心她："我替你找药物。"

大巧拉住他。

她看到郝浚了。

他赤膊蹲在焦油坑里，头发用块花布绑住，穿着短裤与长胶靴，戴着手套徒手挖掘，不知找到什么，欢呼一声站立，皮肤闪亮满胸汗毛，他哈哈大笑，伸手招同伴。

他在这样炎热熏臭恶劣环境做苦工，像到了自己家后园那样舒服，露出罕见真诚笑容，叫大巧看得发呆。

昆丁问："是他?"

大巧呆呆点头。

只见大郝两个同伴朝他的发现奔近，毫不顾忌，噗一声跪下，整张脸朝坑里探视。

那两人忽然大叫大跳，大巧这才看到其中一个是金发女，浑身晒得赤棕，已不似哥加索人，她只穿小背心，超短裤，露着两条肉孜孜长腿，赤足。

疯子！她与大郝拥抱，又松开，两人气质却无比相似：忘我、投入、热情、欢欣。

大巧退后一步。

她对自己的平和客观觉得诧异。

他俩才是一对。

他们不畏虫蚁毒蛇，激辣辣日头，还有，忽啦啦大雨。

大巧先是看到地上一大点一大点变得深色，然后，身上也被雨点打中，这是什么雨！不但打得人痛，雨水且惩罚性炙烫。

不到片刻，乌云遮天，像有天兵天将倾盆把雨水倒下人间，连大郝与同伴都纷纷躲避。

昆丁有备而来，撑起大伞，替大巧遮雨，雨点啪啦啦落在伞上。

大巧站着纹丝不动。

“到营地去吧。”

大巧摇头。

“我送你回旅馆。”

“我要到飞机场。”

“你这样脏，人家不给你上飞机。”

大巧由昆丁送回酒店，一条手臂肿得像猪手。医生大惊，替她注射，叮嘱：“回到美国，即召医生。”

昆丁年纪不大，却是老江湖：“四个多小时航程，千万别让机组人员看到手臂，他们往往当是疫症不让登机。”

她淋浴换衣裤，把身外物与小沓美钞赠送昆丁：“立刻出发，我要回家。”

昆丁忽然心疼，默默为她服务。

大巧若无其事向昆丁道谢话别。

她看得很清楚。

像《奇异恩典》一曲中两句：Was blind，but now I see（曾经盲目，重又得见）.

瞎子才会把郝浚与齐大巧拉成一对，两个不同环境的人怎样一起生活。

怪不得他一向把她当小玩意儿。

在他眼中，齐大巧是空气脑：没有思想、抱负、目标、见解。

大巧心灰意冷。

手臂伤口很奇怪，不疼也不痒，大巧昏沉睡着。

下飞机时她知道自己发高烧，立刻叫车往医院。

支撑到急症室门口，她沙哑声音喊：“帮我。”然后“咚”一声摔倒在地。

一时好几个医护人士奔至，把她抬上病床：“会英语？”“小姐，何处不妥？”，扯开衣袖一看，“我的天，怎样感染，可否说一说。”

大巧在看护耳边说：“我自巴拿马回来——”

看护失色：“立刻进隔离病房！”

大巧渐渐昏迷。

缓缓醒转，才动了手脚，实时有医院行政人员上前与她说话。

“齐小姐，我们在你随身背包内找到护照，你是游客，需付全部费用。”

大巧苦笑，这本来就是资本主义大国。

她看着自己手臂正打点滴，红肿已经消失大半，放下心来，还好，死不去。

“经过各种样本抽查，万幸只是中暑与皮肤敏感，不过，如不及时医治，亦可致命，齐小姐，可要通知亲友？”

大巧吁出一口气，真是不幸中大幸。

她轻轻答：“当地只有一个表姐，她怀孕二十九周，我不想惊动她。”

“可是你需留院观察数天，不怕她担心？”

“我的背囊呢？”

她打开取出信用卡交给行政人员，检查电话记录，沐荷已找她二十多次：“再不复电，将报人口失踪。”

她只得与朱诸联络。

老好朱子镇定地说：“我马上到。”

他一进病房，看到大巧蓬头垢面，色如黄蜡，双眼红肿，不禁顿足：“三日不见，搞成这样，在我雷达下你竟被送入急症室，不要说齐老，连古太太都不放过我。”

大巧看到厚实可靠的朱诸，忍不住张大嘴痛哭，泪流满面。

看护连忙赶入替她注射。

朱诸看到她身上满满红斑，惊问：“这是什么？”

看护答：“痱子，皮肤被汗水腌渍致生敏感，已经敷药，不用担心。”

“我的天。”

大巧仍然啊啊哭叫，张大嘴巴，看到喉咙及吊钟。

本来已急出一头汗的朱子忽然觉得好笑。

病房门推开，大腹便便的沐荷赶到，一把抱住大巧：“没事没事，休息几天就好。”一边瞪丈夫，“还不坐到一旁。”

大巧抱着沐荷呜呜哭。

“嘘，嘘。”沐荷就是这么有本事。

大巧渐渐静下。

“怎么了，见到没有？”

大巧沙哑声音断断续续把经过说一遍，到底一向明敏过人。讲完了，再也没有怨气。

她把头靠在沐荷膨胀肚皮上，正感安慰，忽而胎动，那胎儿觉得外界有人挤压他，实时抗议，小腿一蹬，正踢到大巧脸上，大巧连忙让开。好家伙，在胎里已经霸道，这小子是个厉害角色。

朱子在旁听到，不禁说："千里迢迢，千辛万苦探望他，为什么不上前相认，且不说一句话？这又不是禅的顿悟——在静默中教我无言心印。"

沐荷轻叹一声："换是我，扑上一巴掌打开金发女——把他拉在怀里。"

大巧结巴问："以后呢。"

"一直缠住，怎么样？"

大巧怔怔地，呵，这沐荷何止比她勇敢百倍。

朱诸把妻子扶到一边坐舒服些，沐荷搓揉着肚皮。

医生进来，大巧要求出院。

"最快明早也许。"

结果多留了两日两夜，她终于都想通了。

大巧不敢照镜子，只见手脚都是瘢痕，皮肤粗糙，连她都不相信这是曾经娇俏的齐大巧。

她坚持回家。

沐荷只能挽留她多一天。

她尽了做姐姐的责任，亲自调制中草药让大巧浸浴：先用橄榄油和黄糖搓揉全身，再泡上半小时。又做滋润红豆粥及冰糖白木耳给大巧当点心。

大巧轻轻说："知难而退是好事。"

"你与大郝，还没完呢。"

"已经结束。"

"一点挫折，真是。"

大巧说："下次保不定他到百慕大三角去找沉船。"

"他又不是海洋生物学家。"

大巧心灰意冷："我吃不了苦。"

退烧后她嘴唇也接着掉皮，又红又肿。

沐荷说："我最不信爱一个人非得吃苦不可，爱情应当愉快幸福轻松。"

"我也那么想，所以赶紧回家。"

过一日朱子联络到郝浚："大巧到我处。"

"啊，她没知会我。"

“她曾往巴拿马探你。”

郝浚怔住：“我没见到她。”

“她却见到你。”

郝浚更加意外，静一会儿：“她曾到巴拿马史密松研究站？”

“正确，她看到你，站一会儿，又打回头。”

“为什么不与我招呼？”

“我也不知，她很吃了一点苦，水土不服，皮肤敏感。”

“人呢？”

“回家去了。”

“我一直蒙在鼓里，抱歉。”

朱子责怪：“爱人近在咫尺，你无知无觉，对骄傲的她来说，这是跨出大步。”

“我并无第六感，女子古怪心思，实在难测。”

“少女的情怀不难了解。”

郝浚那边有人叫他。

“大巧说见你与一金发女大讲大笑。”

“金发——那是安德臣博士，她是我上司。”

“见面你自己解释好了。”

“解释什么？ I don’t complain and I do not explain（我不抱怨，也不解释）。”

一边沐荷越听越火：“不跟他说，挂线。”

大巧回到家，休息足够，皮肤损伤之处结痂渐渐剥落，恢复光滑原状。人类的身体最奇妙，复原能力上佳，每两年，细胞全部汰旧更新，人体焕然一新。

大巧整个人变得沉静，有时一天不说一句话，看电视没有声音，只读字幕。

她努力温习，应付考试。

课本如此精彩，题目那样刁钻，极度挑战思考能力，大巧讶异她要到今日才发觉读书的好处。

这段时日，郝浚并无同她联络。

沐荷说：“我告诉他你在考试。”

沐荷在视像里展示她的肚子。

哗，那么壮大，奇观，有点可怕，女性真是伟大，如此牺牲，大巧自问做不到。

只见朱诸趋近，用耳朵贴近聆听胎儿动静。

大巧轻轻揶揄："胎儿说什么？有无应允孝顺父母，勤力读书？"

沐荷不甘示弱："胎儿说他会健康快乐。"

年轻夫妇呵呵大笑。

什么都难不倒他们。

齐老红衣女古太仍在航程中。

古太太与大巧联络："我开始想念陆地。"

"老爷子呢。"

"表面上一点不露出来，昨日抱怨膝痛，但在二十一点赌桌上赢了数万，全部打赏给服务员。"

"洪小姐呢？"

"其实不需要我，她对齐老无微不至。"

老爷子挑选员工，目光精湛。

"喜欢哪个埠多些？"

古太太干笑："都是蜜月胜地，呵，对，你可有考试？"

"明午答最后一张卷子。"

"可有把握？"

"我可以说能够毕业。"

“太好了，我会向老爷报喜。”

大巧抱怨：“都是你们，把我养成白痴，大巧会张口吃饭真是天才已经足够，千万不要辛苦，医生律师让别的孩子去做，齐家捐奖学金就是——”

古太太不出声，只是赔笑。

“希望可以升读硕士，否则，毕业即是失业。”

这口气都不似齐大巧了，古太太恻然。

“我们不久会经印度洋回来。”

“再联络。”

每天下午，大巧在泳池边小坐，喝杯茶，然后温习。

最后一门考试，自觉成绩不错，颇为高兴。

讲师在回旋走廊把她叫住：“齐小姐，记得我否？”真会搞笑。

大巧站住，微笑答应。

“你转变学习态度，大家都为你高兴，发生什么事，可是失恋？”

大巧轻声答：“父母于夏季辞世。”

年轻讲师一听，后悔到极点，他造次了。

“对不起，对不起。”

大巧点点头，转身离去。

那天下午，她照样坐在泳池边休息，看员工忙碌做清洁工作，逐块落叶打捞。

用人出来说：“齐小姐你的电话。”

“我不听电话。”

女佣只是笑：“闲着，说几句也好。”

大巧叹气，不知是她成功抑或失败，他们都为她着想，怕她寂寞。

她“喂”一声：“我是齐大巧。”

“齐小姐，你好，我叫康慨，你也许还记得我，一次在往美国飞机上，我是你的服务员，与你讲过话。”

“可是丢了什么在机舱？”

“是一只小盒子，我没打开，里边不知何物。”

大巧想一想，并不觉丢失什么。

“齐小姐，回程，我刚巧也当更，可是，我没打扰你。”

“呵，这么巧。”

“我可否亲自把盒子送到府上？”

“不必劳驾，我差人来取即可。”

他有点尴尬：“我是舱务长，由我亲自做比较放心。”

大巧要到这时才明白：“你想见我？”

那边怔住，期艾几声：“我二十分钟可到。”

刚在这个时候，个人手电收信讯号响起，大巧一看，是学校联络：“恭喜，齐大巧你已顺利取得毕业分数，并获准攻读硕士班。”

大巧脱口而出：“好。”

那边一听，喜出望外，实时挂线出发。

大巧用电脑查阅分数详情，不多不少，刚刚八十六，可升读硕士，讲师可有加同情分？不管了，目的已达，谁还追究，大巧连忙电邮古太。慢着，祖父并不在乎她是否成才，唉，祖父只希望他们都好好活着。

想到这里，她颓然伏在案头。

用人进来通报：“一位康先生说约好见你，他在小会客室等。”

大巧走进会客室，看到一个高大英轩便服年轻男子，他立刻惊喜站起。

大巧没头没脑对他说："我够分数升读硕士。"

她看看那年轻男子："你是康慨？"她不记得见过此人，但觉得他可亲。用人这时捧进茶点果子。

大巧问："你有什么要给我？"

他取出一只小盒交给大巧。

大巧打开，是只精致八音盒子，唱出《闪烁闪烁小星星》。大巧微笑："这不是我的东西。"当然不是，这不过是康慨上门探访的借口。

"你私自取得客户地址，这是不对的啊。"

"我明白。"

女佣进来解围："康先生，午饭时间到了，一起吃顿便饭可好？"

康慨连忙答："好，好。"

不知哪个用人，用音响轻轻播出古旧跳舞音乐，女歌手唱幽曲："你在远处我如何是好，只一帧照片我怎能诉衷情——"

连大巧都觉得好笑。

"齐家好客。"

大巧忽然诉苦：“你不认识我们管家，她更加自作主张。”

康慨凝视她：“原先以为你会十分骄纵。”

大巧唏嘘：“本来是那样，最近一季，发生许多事……”她忽然把整箩筐家事全部一五一十一本书似说出。

是，倾吐确有好处，心中瘀塞怨郁之气噗噗声吐出。

康慨一边聆听一边吃，他人逢喜事，胃口特佳，把精致小菜吃个碗脚朝天。

吃甜品时大巧说：“那便是我一生。”

康慨微微笑。

“轮到你了。”

“我？”

他俩把茶端到花园，又说半日。

康慨真是聊天好对象。

不过，大巧什么都说，就是没提到郝浚。

太痛苦，不知怎么说好。

她小小脸上露出寂寥之意。

不知恁地，时间过得飞快，忽然黄昏。

他嗫嚅地说：“我不能在齐家吃三餐。”

女佣插嘴："为什么不，厨子做了烧羊架。"

大巧笑："那你就别客气了。"

另一个用人把大巧陈年未用的小提琴取出放在她面前。康慨又一惊喜："你会弹琴？"

"见笑。"

大巧取过琴，调校半晌，轻轻奏出《闪烁小星》，琴声呜咽，竟像人声一般，正是小提琴特色。

康慨感动得颈背汗毛竖起，这正是他成年后千思万想的女孩：家世、人品、相貌十全十美。他对她一见钟情，不能自已。

忽然他鼻子发酸，转过背去。

他听见大巧说："被逼学习整整十年，其实并不喜欢，但只能在钢琴与提琴之间选择。我最喜欢金色色士风，祖父一听，吓得自椅子上站立，只得放弃。我又喜印度释他，这次，祖父一听跌坐椅子里，再放弃。"

康慨笑得落泪。

大巧说："释他无论发出什么音响，都似五千年苦难民族长长一声集体叹息。"

“读文学亦是祖父的意思？”

大巧微笑，表示那还用说吗，还有，升读硕士与博士齐老爷也摇头：“好像嫁不出去，死读死读没意思。”最奇的是这些论调，尽管许多人不同意，倒不过时，社会风气并不如期望中那样先进。

康慨捏一把冷汗，要过齐老那关，怕不是那么容易。

终于夜深，他这样说：“明日可否再来聊天。”

大巧忽然笑：“请自备三餐。”

康慨脸都红了。

“你不用飞来飞去？”

“我正放假。”

过了二十一岁，没有什么是偶然发生的事，他当然早做安排。

用人们悄悄说：“那男孩不错，斯文、有礼。”

“比起郝先生呢。”

“郝先生是一颗明星。”

“谁让大巧开心，我就喜欢谁。”

“可怜的大巧。”

大巧沐浴休息。

第二天，古太太说她在船上苦闷到极点，请齐老准她提早几日回来管家，于是，星期三，即再过两天，她会在英属百慕大上岸，飞返家里。

看，也不是每个人都喜欢长时间在豪华邮轮上漂流。

接着几天，康慨一早带着清新肥皂香上门陪齐大巧。

大巧不爱出外，他也乖乖陪她。

那么大屋子，只他们两人。

大巧说："幼时喜在屋内踩溜冰鞋。"

康慨吃惊："没说你吗？"

"木条地板全压烂，装修师傅气恼，说是古董木料，配不回来，叫我丢掉轮鞋。"

康慨忽然冒昧问："可有想念父母？"

他真好，毫不忌讳，真正亲切。

大巧回答："我只当他们仍住巴黎，一双朦胧影子，极少返家……我想念父母，但不是他们，我一直希望拥有一天问十次'阿女你添了衣裳没有天凉得很'，然后我不耐烦地答'已经二十一岁了你难道又忘记'之类忤逆的话。"

“得不到的都是好的。”

大巧微微笑：“康慨多谢你在如此艰难时节陪伴我。”

“我很快乐。”

“不过康慨，我得事先张扬，以示公允。”

康慨紧张，什么坏消息，他凝神以待。

大巧轻轻说：“我失恋，我有一颗破碎的心。”

康慨松口气：“就那样？”

“我爱人，人不爱我。”

“已经过去。”

“那人音信全无。”

“他是傻瓜，别去理他，现时我在这里。”他信心十足。

“但是我仍然非常爱他。”

“慢慢会过去。”

“真的？”

“世上谁没有爱过三五七次。”

“你呢，康慨？”

他咳嗽一声，握住大巧双手：“说来话长。”

大巧被他逗得笑出声。

露水的世

叁·

大巧走到窗前看曙光，
日子无论多么愁苦，
太阳总还升起，天边残月缓缓隐退。

她亲自接古太太。

古太太言若有憾："你怎么出来了？"

胖了整圈，可见船上食用不差。

"老爷好吗？"

"他与洪小姐乐不思蜀。"

"老人长久住在平衡舱里也好。"

"大巧你又黑又憔悴。"

"是吗？"大巧摸摸面孔，"我还以为已经痊愈。"

"还需假以时日。"

她俩搂着上车。

古太太忽然问："听说有小男生上门？"

大巧骇笑："哗，你密布眼线。"

"而且一坐就是十个八个小时，顶有耐心。"

"我已告诉他纯是朋友。"

"慢慢发展。"

"我只喜欢无比吸引一见只想猴到他身上那种男子。"

"讲得那么难听我老人家接受不了。"

"康慨没有不好，他不够性感，人类是所有动物中最易动情的一种，人类没有固定交配期，有生之年每一天都被异性吸引。"

"从什么地方学来！"

"学习与发现频道。"

"你心情大好，是为着那不够性感的小生？"

大巧吁出一口气："我通通想清楚了，古太太，活着的人总得设法活下去。"

可怜的大巧。

古太太紧紧握住她的手："瘦得拳如笔架山。"

"古太太，你从未说起古先生，这些年来，他在何处？"

古太忽然牵动嘴角："你都二十一岁，我可以将真相告诉你，我从未结过婚，我至今独身，叫自己古太太，找管家工作方便些，彼时主人家不放心单身女。”

大巧怔怔说：“什么，‘古太太’只是你的 porn name（花名）？”

“胡说什么，似艺名，或笔名。”

“哟，并无古先生其人？”

“正确。”

“古太太，你多大年纪。”

“你猜呢？”

大巧渐渐学会做人：“三十八岁，多一天也没有。”

她愉快地叹气：“五十八了，身子渐渐天然衰退，并无大患，却力不从心，蹲下，走楼梯，都得慢慢做，天气变时关节酸痛。”

“你没有家人？”

“我无名无利，何来亲友。”

“齐家即是你家，若有人不尊敬你，我掌他嘴。”

“大巧，你说这话，我相信。”

“红衫女可有啰唆？”

“洪小姐最会做人，她视我若太婆。”

大巧点头。

下午，古太太与沐荷在视像电话上对讲三十分钟之久，关怀备至。

正当诸人以为沐荷腹部不能再壮大之际，它又往前发展若干厘米。

当事人哧哧笑：“医生叮嘱不能再馋嘴。”

忽然又害怕：“一定很痛。”

大巧滥用成语：“不入虎穴，焉得虎子。”

也不是全无道理。

沐荷说：“我与大巧说几句。”

古太太说：“我正要去厨房。”

沐荷问：“大郝可有联络你？”

大巧嗒然。

“唉，你们俩，各自不愿放下架子，一年多过去，我与朱子的孩子都快出，你俩却——还未接吻？”

大巧轻轻说：“我一直幻想他是接吻好手，经验丰富，懂得叫女生放开怀抱。”

“大巧，他不是图像，你可以主动拥抱他。”

“他不会拒绝？”

“没有男人会拒绝美丽活泼的齐大巧。”

“我已经走了一半，那是我的极限，我不能走得更远，他应在半途等我。我一个人做得太努力，没有意思，纵有结局，往后日子也不好过。”

“大巧！”

“他仍在巴拿马？”

“他也觉得累，合约满后，也许不再续约。”

“那干什么好？”

“他也那么说，但朱诸说好几间大学争着聘请，嗨，书中自有黄金屋，错不了。”

大巧接上去：“书中的颜如玉呢。”

“不就是齐大巧吗，哈哈哈。”

第二天康慨来了，大巧把他介绍给古太太。

两人谈一会儿，古太太问些私人问题像“抽烟吗”“可会赌博”“没有文身吧”“家里有什么人”这种家长常问问题。

康慨不卑不亢，给予 A 级答案。

最后古太太问："康先生，你周游列国，请问最美的是哪一国哪一城？"

小康吁出口气："爱人在哪里，哪里最好。"

古太太也忍不住说："我完全同意。"

晚上，康慨回家，古太太对大巧说："是个标准男孩，性格成熟，平均分可给七十五。"

大巧微笑。

见过古太太，康慨想法大抵有些不一样。

果然，第二早，他对大巧说："假期已经结束，需往返欧陆，一有时间，实时联络……"

大巧既未提起，根本不用放下。

家里有古太太，帮着她办下学期入读手续。

古太太说："每年八万多美金巨额学费，到底教些什么？"

"飞翔。"

"希望是。"

同学换了班新面孔，国际学生特多，他们好不兴奋，叽叽喳喳笑谈，各自寻找新伙伴，到书店饭堂以及宿舍游览。

大巧一人静静走上硕士及博士女生宿舍。

走廊收拾过，地板蜡亮，照例两边都是双人小房间，也有单人房，租金贵一倍不止。公用卫生间在走廊底，大巧记得古太太一看，实时吸口冷气：“什么传染病都有！”否决大巧住宿舍，“沐荷也住家里，天天往返。”就那样，她俩一直与同学隔离。

说得也是，女生穿内衣裤站在走廊，当作社交站，有人占用公共电话，索性端张小凳坐着讲，游戏室与茶水间男女混杂，一点尊严不留。

但是大巧喜欢空气中那股牛油爆谷味，学子们主餐还包括炼奶、果酱、花生酱、比萨饼。

舞会整夜不散，醉酒闹事，附近居民报警，警察赶至，他们还要抵抗，全被警察大字那样按倒在地，有人还挨了电枪……

这些热闹，大巧均未能一手目睹，至为遗憾。

这时她听到莺声阵阵，原来是两个女生陪着一个男同学参观设施，她们的声音比平时起码吊高一倍，叫大巧微笑。

这些都做给谁看呢，同一般想法有异，大学宿舍并不是寻找未来伴侣的好地方，功课紧、作业忙，生活压力已经开始。大部分学生都有借贷，毕业可能等于失业，还得背一身债，他们只想异性帮忙松弛慰藉，并未考虑终身。

那男生向大巧行注目礼：谁？怎么会有一个白衬衫黑长裤的素脸女？女同学则露不忿之意。

大巧匆匆走开。

古太太追上：“你到什么地方去了，这是学费收据，这是计算机钥匙，你的组别叫乔叟，一共只八个学生，明天下午聚会。”

“讲师漂亮否？”

古太太很放心：“是一个女教授。”

“像乔治桑抑或奥琪芙？”

“有点像我。”

“呵，一定是个好老师。”略为失望。

这年头做任何职业都讲声色艺，缺一不可。

大巧告诉沐荷：“我就快开学了。”

“大郝已返文明，他在实验室做后期工作。”

大巧却问："你什么时候生养？"

"就这两天，辗转反侧，只能坐着睡。"

"朱子呢？"

"两人手握手通宵一起坐长沙发。"

"真不简单。"

"是呀，听说有些恶婴让妈妈阵痛十多小时不愿面世，我害怕呢。"

"不会，他像朱子，他会体贴。"

才隔数天，消息传来，沐荷已经进产房。

大巧说："古太太，给她找一个保姆。"

古太这样答："我也想过，但是又觉不妥，他们小两口可以应付，我们不便过分干预，或是保护。"

大巧不服："如果生养的是我呢？"

"你姓齐，齐家有义务为你做主，即使你多心，齐家愿意承担，过度关怀在朱氏夫妇眼中，可能变为低估他们能力，这又何必。"

"哗，做好事还有这么多忌讳。"

"唉，实不相瞒，一次送礼，我被亲人教训'不要在我子女面前充阔’之后，我仍送上应有礼数，只不过每次大字注一句，‘我知道你们很有能力，但这是我微薄心意——’”

“哗，好人难做，多累。”

“这么些日子，我也心灰意冷，年纪也大了，犯不着低声下气，干什么呢，我又无所求。”

内心深处，大巧仍不信沐荷会责怪她礼多，终于，她在互联网上找到按时收费保姆，每天上门服务三小时，至少可让沐荷睡一觉。

朱诸传来产房生育实况，不要说大巧瞠目结舌吓得用双手掩住面孔，连古太太都震惊到说不出话。

本来秀丽矜持的沐荷像所有产妇披头散发满头满脸汗挣扎呼吸，她真是顽强，一声不哼，只是像牛般喘息。

大巧看得泪流满面。

终于，医生说：“哎呀，胖小子——”

胎儿滑出，出世为人，大巧只看到棕黑血污一团肉，四肢撑动，粗壮脐带缠身，肤色渐渐转红。

“啊，”古太太惊叹，“真没想到幼儿生殖器官如此显著。”

这时朱子失声哭泣。

新任母亲声音微弱：“孩子健康否？”丝毫没考虑自身安危。

看护大力搓揉幼婴：“你这样大块头，明天可上幼儿园。”不住取笑。

另一看护说：“好英俊的小子。”

她扶起婴儿大头，摇晃他短短胖手：“哈喽哈喽，生辰快乐。”

大巧啼笑皆非，真没想到护理人员如此寓工作于娱乐，幼婴甫出娘胎受到折磨，放声大哭，朱子亲手剪断脐带。

看护一称：“七斤六两。”

沐荷紧紧把幼儿抱在胸前，纪录片结束。

大巧几乎虚脱，一额汗，不住透气。

“沐荷会复原否？”

“家母共生七胎，活到八十三。”

“可惜，古太太，我永远不要怀孕。”

“瞎说，子孙是上天赐下福气。”

“拜托。”

整夜噩梦，流了一地血，却找不到幼胎，有人大声说：“是沐荷，不是你。”沐荷荣升妈妈。

她向大巧报告：“一日半之后便出院，我一生从没试过如此疲倦。手忙脚乱，与朱子一起整理幼婴排泄，一日喂五次，每次啜吸，都听见奶瓶噗一声，吃奶力气，真不会错。三日三夜未睡，正在痛苦，忽然有人按铃，原来你代我们雇用的保姆驾到。啊大巧，你救了愚夫妇贱命，我把婴儿交给保姆，立刻沐浴洗头，出来，发觉朱子已经憩睡，我不顾三七二十一，也立即休息，三小时后再重新搏斗……”

简直不是人过的日子。

大巧恻然。

“保姆异常勤力，还帮我们做简单菜式像红烧鸡之类，一大盆，吃整天，又带来水果蔬菜，切开做沙拉。”一切费用由大巧负责。

一个星期之后，婴儿变了模样，会眨眼会笑，面颊胖胖鼓起，胖胖手脚挥舞，仍然爱哭，有事没事张大嘴号啕，整张脸只得一张嘴。

大巧越看越惊，不知何时才养得会走会讲进幼儿班。

她唉声叹气。

古太太劝说："大巧你不看这些家庭片段也罢。"

"你看沐荷，一颗晶莹美丽珍珠，从此变沙石。"

她臃肿，腹部一时收不回去。

大巧又说："许多雌性生物，生完下一代，完成繁殖任务，便悄然消逝，只有人类，还得生活下去。"

古太太没好气。

那一天，大巧收到康慨电邮，他这样说："住在塔尖的齐大巧好吗？与世隔绝的你，受着重重恒温保护，一定不知世上寒暑，我们凡间已经千年……"

大巧想：废话。

"飞了三次纽约，大都会博物馆正展出——"

大巧按了"删除"，没再读下去。

大巧早睡早起，恢复寂寥生活。

做梦看到郝浚，她打开他住所卧室门，闻到一阵床单整月没换那种气味。幽暗中看到他裸睡床上，颜色暧昧的毛巾被缠住下身，他举起一臂，露出性感腋下。大巧上前：

“郝哥，郝哥。”他听见，惺忪间一把将大巧拉到身边——

“阿巧，阿巧，醒来。”

惊醒她的好梦，唉，叫她的是古太太。

大巧一看闹钟，清晨五时。

“阿巧，下楼，有事。”

古太太替大巧披上外衣，连漱口时间也无，便与她下楼进书房。

大巧照例糊涂问：“打仗了？”

书房里坐着两个西装笔挺的客人，大巧认得是祖父的商业律师罗森堡与李可群。

两人一时像是不知如何开口。

大巧忽然联想到遥远的历史故事：英维多利亚公主也是在清晨被保姆自床上拉起，宣布她继任皇位。

祖父，祖父出事。

罗森堡律师咳嗽一声，把一份油墨未干的早报放到大巧面前。

头条：《齐氏证券牵涉内幕交易，商业调查组及廉政公署正展开调查》图片中只见一箱箱文件及计算机被人抬出。

大巧要隔几秒钟才领会到齐氏证券正是祖父努力一辈子的事业。

大巧断然说："不，祖父不是那样的人。"

李律师说："敌人将他羞辱抹黑，逼他下台。"

"法律公正，终还他清白。"

罗森堡苦涩答："敌人不是要叫他入罪坐牢，敌人想叫他退出让位。"大巧浑身汗毛唰一声直竖："为什么？"

"蝼蚁竞血。"

大巧想到发现台上动物生态纪录片里弱肉强食的片段，惨不忍睹：一只小动物倒地，众兽扑上撕咬分啖，嘴边染满鲜血。

大巧整张脸冒汗。

"齐老已赶着回来处理事务。"

七十衰翁，还这样频扑，大巧鼻酸。

"大巧，这是商界常事，齐老的意思：你最好往别处避一避——"

大巧听到她自己的声音镇定而冷峻："不，我住在这里，什么地方都不去。别再命令我，别再叫我无须管这或管那。这是我家，我无处可去，也不想找地方避。”

“齐小姐，欧洲碧蓝海岸——”

大巧拍一下桌子，沉声说：“这件事，没有商榷余地。”

律师眼中永远不会长大的小女孩忽然发号施令，叫他们呆住。

尤其是罗律师，不久之前，还看到三岁小孩光着上身被保姆追逐在大宅里跑来跑去情况。

天渐渐亮起。

大巧走到窗前看曙光，日子无论多么愁苦，太阳总还升起，天边残月缓缓隐退。

大巧回到楼上沐浴更衣上学。

门口记者围堵，闪光灯烁烁，祖父叫她规避，自有原因。大巧冷静上车，她看到有人举着纸牌，血红大字：“奸商吸血。”

针刺到肉方知痛，大巧太阳穴像被铁锤击中。

老司机轻轻说：“不要理他们。”

大巧问：“老爷几时回来？”

“今夜十时叫车到机场。”

“可有唤我？”

“没有，只说接老爷子与洪小姐。”

大巧点点头。

到了学校，不是她多心，只觉许多双亮晶晶眼睛盯住她看，这个白衣黑裤的女孩忽然成为好奇目标。

大巧若无其事坐着上课。

开头双耳激辣辣发烫，渐渐平复，原来脸皮会越炼越老，始料未及。

午后，讲师好心暗示：“家中有事不妨告假。”

大巧礼貌回答：“我家无事，多谢关心。”

讲师不禁佩服这少女坚强。

放学回家，看到古太太叫用人除下门口字条丢掉。

有人张贴大字报。

古太太说：“已经报警处理，并且聘用保安。”

大巧回房温习功课。

太苦涩的一年，祸不单行。

忽然古太太在楼下叫唤：“大巧，郝哥来了。”

大巧一听，气急攻心，这人，凡是齐家有难他才施施然出现，可恶。

大巧不顾一切扑下，一头撞到他怀里。

这一下冲力非同小可，把大郝推向墙壁，轰一声倒地，他用双臂还护着她，怕她受伤，这一记把郝浚撞出鼻血。

古太太扯开大巧，大巧还用脚踢大郝。

用人要拦阻，大郝说：“随她去，她急痛攻心。”

一句话说到大巧心坎里，她坐倒在地，怔怔发愣，仍然哭不出来。

处理过鼻血，大郝过去拥抱大巧。

“你看你，仍如此毛躁。”

“他们要害祖父。”

“不怕，道理会帮他。”

这时，律师们陆续到齐，位位西装煌然，坐在会客室喝茶用点心，凝神看新闻报道商讨对策，齐宅变为会议总部。

大巧回到楼上，只喝一碗白粥。

她质问郝浚：“你这次来干什么？”

“为齐老添一双臂。”

“亏你这么好心，过来。”

郝湲走近一点。

他仍然那么漂亮，浓眉长睫，神色落寞，他这样说：“世上坏人比好人多。”真不错。

大郝鬈发长长，却不损男子气概。

大巧忍不住搓揉他头发与脸颊：“为什么不来看我？”

“怕你脾气。”

“我却去见你。”

“为什么不出声招呼？”

“我吃不了苦。”

大郝见她如此坦白，不禁轻吻她额角。

她抱紧他，不愿离开。

他们一起看朱家小猪照片。

大巧说：“真无耻，头那么大，两腮搁肩膀，看不到颈项，胖成那样，还整天哭闹。”

大郝答：“母亲子宫恒温摄氏三十八度，外边室温只有十八度，婴儿体内储藏黄色脂肪，即动物冬眠时特厚肥膏，能不胖吗。”

原来如此。

古太太进来，见他俩又搂作一团，见怪不怪，低声说：“老爷子回来了，没叫你俩，不必下去。”

“那洪小姐呢。”

“洪小姐侍候他。”

啊，危难之际她仍在他身边，十分难得。

楼下众人一见齐老，立刻围上，用人帮他脱去外套帽子，斟茶递水。

老爷子看见律师们聚集，对罗李两名组长说：“这么晚了，还不回去休息，明早开会不迟。”

“请问明早几时？”

“七时吧。”

罗森堡说：“阿李与我不走了，就在府上留宿。”

齐老点头。

他镇定像无事发生，只不过长途旅程叫他疲倦。

罗律师心想：一定要学齐老修炼这种涵养功夫！无论输什么都不要紧，决不可输姿势。

只有乡间老太遇事才慌张哭号，连洪小姐都知道不能这样容易满足看热闹的人，她照样穿着窄身红衣，吩咐厨房做碗火腿丝青菜煨面。

古太太问：“你呢，洪小姐？”

她笑笑回答：“我一向节食。”

真的，为什么要慌乱改变任何事。

古太太略安。

果然，齐老问到他心肝：“大巧呢，她没去欧洲？”

“她要上课，郝浚来陪她。”

“这小子，今日才来，两人在哪里？我有话说。”

古太太立刻上去找人。

洪小姐跟着上楼。

看到大巧，洪小姐握着她的手：“大巧，抹些胭脂。”

“是，是。”先推郝浚下楼。

老人最怕女子脸青唇白。

她又套上一件紫色毛衣，才下楼见祖父。

每次都得强颜欢笑，唉。

大巧走进书房，齐老已经露出笑容。

只有至亲才看得出齐老鬓边又添白发，两颊瘦削。

大巧过去握住祖父双手。

“我正与阿浚说话，他答应留在我身边当我的发言人，你们事无大小，必须通过他，哈。”

郝浚一个鞠躬。

齐宅气氛忽而缓和。

古太太低声对大巧说：“幸亏你没去南欧。”

到南欧干什么？一个大太阳，一座葡萄园，一把陌生人。

“洪小姐呢？”

“在楼上敷面膜救亡，她说两日两夜没睡，眼袋黝黑，皮肤粗糙，不上妆。”

“亏得她。”

“老爷子叫她留在巴黎，她说她不懂美术，几间名店新货已经办齐，根本无事可干，跟着回来。”

大巧点头，手臂上汗毛感动竖起。

古太太说：“齐老爷做人成功。”

齐老稍后嘱诸人休息。

但郝浚与罗李两位律师一直谈到天亮。

古太太与厨子每隔两小时便递上精致小食，尤其是各式不太甜点心，像炖糖奶与茯苓糕，还有小小碗担担面与肉汤丸……吃了有精神，自然也少不了咖啡。

天亮，大巧换上轻巧便服，不再穿黑白。

门外已有人聚集，被保镖拦在住宅地界之外，有记者无礼叫阵：“齐予出来！”被警察劝阻。

郝浚惊叹：“竟如此无礼。”

罗律师无奈：“自由社会。”

李律师说：“有示威者向英揆掷鸡蛋，首相笑说‘还欠一片火腿’，宰相肚里可以撑船，果然。”

他们进书房开会。

大巧刚要出门，郝浚走近：“我送你。”

“不用，你陪老爷。”

“门外有闲杂人等。”

“有吗，我没看到。”

见怪不怪，其怪自败。

郝浚握紧她双手深吻：“大巧，我们结婚吧。”

大巧愕然，每次都要齐家死人塌楼，这郝浚便开口求婚。

大巧啼笑皆非："正经点，等我放学回来才说。"

"是我造次，但我心坦诚。"

大巧一出门，摄影机便开始嚓嚓按动，她一声不响钻入车厢。

手电响起，是老好沐荷："大巧此时方便说话否？"

朱诸在一旁说："大巧，我们回来陪你。"

还有朱小小的声音："Mum Mum-Ma Ma-Mmwah（妈妈 - 妈妈）……"

大巧心头一阵和暖，仰起头，不让眼泪掉下。

"不用，你们好好生活即可。"

"我们收拾一下实时出发——"

大巧学着古太太口角："不叫你，不要多事，齐老会多心，屋里已经挤满人，无法安置你一家三口。"

沐荷立刻会意。

是，不能做得像奔丧。

"给一帧小朱照片看看。"

立刻传至，那幼儿坐小床内，没穿衣服，浑身肉，堪称是最年幼膀爷，正在用尽全身力气痛哭，大巧纵使愁肠百结，也笑出声。

“大巧，究竟是怎么一回事？”

“千头万绪，我也得读报才知，许多术语，记者需另外用小框框加批注释，牵涉到投资群众，讹骗指控证据确凿云云。”

沐荷说：“这是齐家劫数。”

“嗯，军师们忙成一团。”

“但大郝在你身边。”

“多月不见，他仍然那么漂亮，唉，看着他心旷神怡。”

这时幼儿哭声震天。

大巧光火：“我同他说话。”

“什么？”

“把手电放他耳边。”

哭声渐近，大巧这样说：“无理取闹，再吵，打你。”

那婴儿被天外来声吓住，居然止哭。

“大巧，有空多说几句。”

大巧感觉苍茫，说什么？还有什么好讲。

回到课室，讲师这样说：“开学虽然只有一个月，各位同学，请开始准备论文题材，时光如流水，速度比你们想象中快百倍，选择题目后，到图书馆查阅过去学长可早写过，记住抄袭零分……”

课室充满吸气之声，长嗟短叹，呜呼噫嘻。

讲师苦口婆心：“不要再写乔叟的心理状况，莎士比亚如何歧视女性，或罗伦斯的性观念，都是老生常谈了。”

课室里抱怨之声更响。

“我知班内有聪明人喜惯性拖延功课，我预先郑重警告，迟者自误。”

真的，一个人可以害的，不过是他自己，自作孽，不可活，终身误。

讲师说：“我在课室随时候教，有问题可提出商量……”

有同学问：“大巧你写什么？”

“谁知道。”

“我听说你家里的事了——”

“对不起，我得往卫生间。”

回到家，看到智囊团一边吃川贝炖生梨一边实事求是，谈齐老几时过堂。

大巧忽然光火："他要过堂？你们是怎么办的事？叫七十老人站公堂等候发落？你们摆明吃白饭。"

郝浚连忙过来拦住拉开。

大巧愤然挣脱大郝的手。

"十分钟就可以保释出来。"

"即已提出控诉？"

"大巧，你不要鲁莽。"

这时齐老叫她："大巧，过来。"

大巧马上换一张嘴脸，那变脸技巧不甚纯熟，郝浚看了恻然。

"大巧，阿浚向我提婚，他要做齐家孙婿，我十分赞成，你怎么说？"

大巧不敢在老人面前吁气，只是假笑："别听他的，他的爱人在山坑，是冠龙化石。"

齐老固执："我怎么看你俩都是一对，站在一起，多漂亮，先订婚吧。"他指婚。

连身边的洪小姐都忍不住笑。

"不过阿浚，你得把头发理短，还有，要穿西服啊！"

刚好理发师傅上门："来，阿浚，陪我。"

首次过堂，大巧与郝浚都陪着齐老，法院门外，他俩如金童玉女一左一右伴着老人，挽住他手臂，大巧穿粉蓝色套装，另一手拉住洪小姐，一字排开，毫不介意记者拍摄。

他们问："这两个年轻男女是谁？漂亮得像明星。"

保释条件苛刻，但也难不倒齐氏，不过每天要老人准十时到附近警署报到，却是强人所难。

郝浚说："由我陪着齐老。"

律师已提出反指控证据。

一盘用心经营超过半世纪的生意，就此堕落谷底。

每天清晨，大巧起来陪祖父用早餐，穿戴整齐，与郝浚一起陪祖父到警署。

她怕万一起不来，失误，床边摆三个大闹钟，但每早，她都自动惊醒，第一个在楼下静候，有时，在计算机上读数据。

连郝浚都佩服她的坚持。

大巧这样聪明，卖相又可爱，若家境差些，是，家境如不如此优渥，她可能会有一番作为，家长假使愿意把她从怀中放下学走，她会去到很远。

李律师申请缓和条件。

终于，警方应允，改为一星期报到三次。

齐老不禁问："他们怕我逃往何处？"

大巧突发奇想："我们一家往南美，阿根廷、巴西、秘鲁。"

齐老微笑："我有把握事情很快会得水落石出。"

律师们点点头。

齐老发觉孙女卷不离手："大巧什么时候开始用功？"

"我一直勤学。"

各人忍住笑。

大巧佯装不悦："What（怎么了）？"

"写何样功课？"

大巧如此这般解释一番。

不料祖父发生兴趣："前些时候一位投资高手告诉我，当年莎士比亚为富户做私人表演，他收取黄金作为酬劳保值，若干庄主账簿上清楚列明：支付莎士比亚若干金条，作为舞台剧酬金。你瞧，他多精明，另外一些文人才华横溢，却理财无方，晚年潦倒，像……像费兹哲罗等人，你可否拿这点作为比较？”

大巧连忙赞叹：“老爷子好主意。”

郝浚笑：“这可作为经济科上佳论文题目。”

大巧辩说：“原来文不必穷也可以工。”

李律师也有意见：“大巧，这个穷字，也可作为一种困境，莎翁痛失爱子——”

大巧急急支开话题：“也有说莎剧并非莎翁所作……”

郝浚怜惜地看着日渐懂事的大巧：“与老师商量一下，寻找大量证据——”

“众所周知，莎氏把演出酬金投资地产，故乡雅芳郡一带不少地皮属莎氏所有，他日子过得很好。”

众人喝咖啡用点心，倒也高兴。

大巧捧着咖啡壶到厨房，有人迎上：“齐小姐，让我来。”

大巧礼貌地看着生面人：“你是哪一位？”

古太太走近：“这是新来的二厨真武。”

忽然添那么多个人吃饭，是要添上人手。

“会做黑芝麻糊否？”

“这就做给你试。”

古太太说：“多做些大家尝。”

因祸反而得了口福。

这时书房忽然轰动起来，有人拍手有人叫好。

“什么事？”又打仗了。

古太说：“一定有转机。”

大巧连忙站到书房门口。

只听到罗律师冷冷地说：“这种混混，也出来闹事，被我方私家侦探查出，控方主要证人莫氏，竟持新西兰基督城假文凭十年之久，一直是个骗子，说谎，毫无诚信可言。”

“如此疏忽——”

“哪间大学的假文凭？”

李律师抢答：“天大笑话，不是大学，是伪造中学毕业文凭。”

“中学？”

“我方起初也弄糊涂了，原来这莫氏一连十八十九岁接连两年都未取得毕业分数，索性伪造证书，往苏格兰升学，居然混到经济科学士资格，又转往伦敦读管理科硕士。日子久了，职场上顺风顺水，他也浑忘有一张文凭属假，亦觉无关紧要，这番害人终害己，不知哪个聪明人指使他出来做证人。”

大巧站在门边，听到世上最荒唐的笑话，忍不住咧开嘴大笑，脚步不稳，往后退，撞到郝浚，大郝也笑到弯腰，两人跌坐地上，一时站不起来。

“怎么被你们挖到纰漏？”

“我方光火呀，不眠不休做人身搜查，结果基督城第三中学校长来信证实莫某人当年并无毕业，他数学不及格，我们有他成绩表副本。”

郝浚高兴地站起，背着大巧，无端在楼梯跑上跑下。

罗律师说：“我方已上书律政署，要求撤销控诉，反告讥谤，并坚决揪出幕后黑手。”

古太太连忙抬出香槟。

郝浚先开一瓶，他笑着举杯：“莎士比亚万岁。”

李律师说：“中学作假比大学更坏，证明他谎言历史悠久，是个无可救治的骗子。”

只有齐老不出声，由洪小姐手挽，走出花园，站着看山下风景。

大巧看着他俩背影，祖父此刻有点佝偻，尺寸似缩了一码，洪小姐腰身更加纤细，两人搭着腰，轻轻不知说什么。

大巧又一次模仿洪小姐声音：“这才发觉钱财并不重要，名声更不可靠，我俩不如远离这疯狂马戏班，找个清静地方，与世无争……”

古太太在大巧身后说：“你又淘气，倒是好现象。”

大巧嗒然低头，如此振作，叫自己齿冷，父母已永远不会回来，齐氏证券再也不能完全恢复名誉。

古太太说：“洪小姐算是难得，这个月多亏她挨过。听说有些红颜知己，主人家有事，疯狂跑到街上用附属信用卡胡乱购物最后一次充阔客。又有妻子获知夫家有癌症病历，立刻加重保险，正是，夫在夫养，夫去也是夫养，只顾自身利益。”

“洪小姐此刻走也可以生活得很好，找个年龄相仿的对象结婚生子。”

“但她有真心。”

她俩沉默，起初谁也没想到人会被真心蹉跎。

郝滖叫大巧。

“什么事？”

“这次我带来一件礼物，早时怕你没心情欣赏，现在可以交给你了。”

一只小盒子又不像指环。

大巧打开盒子，呵，是一块拳头大小酒红色晶莹琥珀，半透明，石中有内容。

她轻轻取出，照向亮光，看仔细了，不禁目瞪口呆。只见石中有两只昆虫，一只螳螂，斧臂举起，有所举动。前端不远之处，是一只蝉，对背后死敌茫然不觉。千钧一发，刹那间两只昆虫被大团树脂凝固在内，数万年过去，仍然栩栩如生。

大巧惊叹：“螳螂捕蝉！”爱不释手。

郝滖见她高兴，也自开心。

大巧觉得累，回卧室休息。

她一定是盹着，醒时发觉洪小姐坐在一边细细看那块琥珀。

“真奇妙，”她说，“真的像假的一样。”

“你找我？”

洪小姐轻轻说：“齐老遣我走。”

“呵。”刚以为守得有点眉目。

“他是为我好，建议我重新回校，或是开一家甜品店，或是结婚。”

“你怎么想？”

“不知是他的成功抑或我的失败，我说我永远不走，死了可以抬出，走路则不可能。”

大巧吓一跳。

“他不再与我说话。”

大巧噤声。

“对不起，大巧，打扰你。”

“待这件事平复再说吧。”

虽见曙光，照着法律程序一道道办上去，按部就班，也需要一段时间。

消息传出，齐老本来已经回避的朋友都纷纷致电问候，郝浚这个私人秘书兼发言人倒也繁忙。

大巧这样说：“做一条录音带：‘阁下如欲重新联络感

情，请按一字。有所要求，按二。上门赔罪，按三……’”

大家忍不住笑。

郝浚轻轻说：“齐老有点意兴阑珊，他所有答案都是‘多谢关心，目前想多休息’。”

大巧不语，数十年几乎天天见面的老友，一遇事，通通退避三舍，世态炎凉若此，石头人都会顿悟。

大巧说：“禅宗中的悟，分顿悟与渐悟。”

“大巧，你是哪一种？”

“我尚未觉悟。”

各人又被少女逗笑。

难怪齐老视她为瑰宝，孙女在一旁做开心果，日子容易过。

那一日，大巧与郝浚正一起看朱小猪最新生活记录，那小孩已会吃半固体食物，糊得一脸都是，胖手抓着一把意大利面，嘴巴嗒嗒作声，胖脚摇摇，不知多趣怪……罗律师来了。

一进门他只说了一句话：“控诉已经撤销。”

接着，他整个人瘫痪在沙发里，动也不会动。

古太太连忙去斟参茶给他。

大巧追上拥抱古太太。

齐老只低声说“好了”两字。

大巧心里却有一个感觉：齐家甩难，郝浚也该走了。

唉，她心冷了一截。

大巧致电沐荷：“你如想探访，此刻倒是方便，不知有无假期，古太太可替你们订飞机票。”

沐荷知道好消息，喜极而泣：“我不孝，家里有事，状若无睹，照样吃喝睡。”

古太太忍不住在一旁说：“大巧也吃喝睡，人就是人，怎可与肉身作对。”

“大家都瘦了。”

料不到郝浚忽然把线衫拉起，展示腰身：“我却长多一圈肉。”

果然，硕健的腹肌左右添多一团腰肉，俗称 love handle（爱情把手），大巧看着他说：“人家朱子也有，你炫耀什么。”但忍不住伸手去捏。

稍后古太太告诉大巧：“齐老爷不想见客。”

大巧想说沐荷不是客，但终于只答："明白。"她猜大抵是洪小姐的意思。

她转头问郝浚："你，你几时走？"

"撵我？"

"留不住你。"

"齐老着我打理一些事务，一时走不了。"

大巧一听，喜出望外，但转头一想，真是，要如此旁敲侧击，才知首尾，多没意思。大郝应当自动献身，大声欢呼："可以陪你了大巧，我不走了……"

大巧又嗒然。

郝浚果然有事要办，官司虽然过去，律师们仍然进出不停，罗律师以熟卖熟："古太太，吃饭没有，我向往腊味饭。"他已胖了二十磅不止。

一天放学，大巧坐在花园写功课，大郝在她身边轻轻坐下，他这样说："你仿佛不闻不问。"

大巧回答："二十年功力，听惯'大巧这你就别管了'，渐渐不再自讨没趣。"

"齐老要完全退出齐氏证券。"

大巧不禁放下功课，立时放得下吗？

“他这种叫顿悟。”

大巧吁出一口气：“大郝你接替他？”

“我有我的专业。”

“那祖父是全退了，连 Avatar（替身）都不用。”

“你呢，大巧。”

大巧摇头：“我不是那块料子，亦不愿学习。”

“齐老说得对，他人子弟做得好，他亦瞑目，幼吾幼以及人之幼。”

大巧微笑：“我钦佩他。”

“齐老想把股份全部让出，便到青岛退休。”

“嗄，呵。”

“律师们同他说，稍后价格会得上升。大巧，你已知他一早已替你做了储蓄户头，此刻，把这间大宅也写给你。”

“我要来何用。”

大郝好气又好气：“别家富女都擅长饮食嫖荡，你是愚蠢例外。”

“这间大屋有许多不愉快记忆。”

“只有淘气顽劣的你才克得住。”

大巧没好气：“谢谢你。”

“还有一件事。”大郝踌躇。

“说呀，你极少吞吐。”

“祖父要与洪小姐结婚。”

大巧整个人跳起，又坐下，再跳起，终于说：“祖父在何处？”

“书房。”

大巧来不及套上鞋子，赤脚奔进书房，砰一声推开半掩的门。

她大声嚷：“祖父要结婚？”

书室里三个人：齐老、洪小姐与古太太。

三人都一怔，看牢大巧，观其气色。

过一刻齐老先开口轻轻问：“大巧你说好不好？”

大巧咧开嘴笑，过去拥抱祖父：“我真替祖父及洪小姐高兴。”然后大力拍打胸口，“我也开心。”

那洪小姐一听，泪盈于睫，立刻别转头。

真没想到刁蛮少女一颗心如此善良。

齐老心头一块大石落地："我早知大巧不会反对。"

大巧握着洪小姐双手摇晃："祖父交给你了。"

古太太也笑着问："请问要办什么样婚礼？"

齐老微笑："就在齐宅注册签署，罗李两位证婚，你们观礼。"

古太太意外，只觉英雄无用武之地，嗒然问："不宴请八百宾客？"

"一个人，怎可能有八百亲友，不想娱众了。"

"洪小姐的意思呢？"

那洪透微笑："齐先生意思即我意思。"

只有这样的女子才适合结婚，沐荷与洪透是同门师姐妹。

齐老轻松地说："两件大事都解决了。"

大巧问："为什么不住苏黎世住青岛？"

齐老答得简单："我一直不喜说外语。"

齐老习惯运筹帷幄，速战速决，什么都难不倒他，一星期之内已请婚姻注册人员到齐宅办事。

他们交换极其普通没有花纹的白金指环。

古太太笑说："还以为会看到鸡蛋那样大钻石。"

洪小姐穿一套桃红色套装，人逢喜事，脸容明艳。

齐老站在她身边，也许是看惯了，可能是势利眼，都觉得相当合衬，无甚不妥，那三十年的年龄差距，绝对可以忽略过去。

齐老讲明不收礼物，且派发红包给他们。

注册人员也得到一大篮精致杯糕，她还想推辞："我是公务员——"古太说："公务员也吃蛋糕。"她愉快收下。

用人司机并排站好，叫声"齐太太"。

洪小姐笑着忽然落泪。

大巧连忙上前扶住，与她到休息室坐下。

洪小姐急急补妆。

大巧刚想出去，听见她轻轻说："颈上有纹了。"

大巧转身："皮肤天然有弹性会伸缩。"

洪小姐这时说："大巧，你终于懂事。"

"我一向希望祖父快乐。"

"很多年轻人爱与长辈作梗。"

"别多心，大家都尊敬你。"

“你对我好，我会记住。”

“别这样说，以后，你是家长，且富甲一方。”

洪小姐微微笑：“大巧仍是大巧。”

“我不比沐荷，她圆润无刺，容易相处。”

洪小姐看着大巧：“她是你好朋友吧。”

“然而她比我长进得多。”

“大巧，你要提防小心。”

大巧一怔：“你泛指整个环境，抑或点名一个人。”

“沐荷，她有心计。”

大巧笑：“你也有，我也有，人人都有。”

洪小姐点头：“我讲过即算。”

大巧却没有把话撂到脑后。

正如她说，人人有心计，她也有。

洪小姐一向不多话，更莫论在背后谈论远亲性格，她这样讲一定有理由，她精厉目光必定看到一些什么。

但此刻沐荷已与齐家疏远，她有自己的家，且添了一个无时不在痛哭的小儿子，她纵有心计，也无谓施展，她生活幸福。

接着一件事，大巧始料未及。

往青岛幽居之前，齐老辞退古太太。

大巧看到古太太沮丧脸色才知此事，大巧张大嘴，又合拢。

立刻知道是洪小姐主意：洪透进齐宅门之际只是一个闲人，按时收费，地位偏低，随时不保，在古太太面前，有点拘谨，如今晋级，只想有自己的班子，方便差使，一定会辞退古太太。

古太太当然也明白道理，黯然说："一朝天子一朝臣，本来还想替大巧你筹办婚礼。"

"古太太，即使我结婚，也与华丽盛大无关，简约为上。"

古太太轻抚她面孔："你最可爱。"

"哪里有你说得那么好。"

"给了三倍遣散费，我也确实已够年纪退休。"

大巧说："我也打算搬到较小公寓居住，讲话没回音那种。"

古太太说："大巧，齐先生一切有准备，你一生当无忧愁——"

“古太太为何说这样话？”

人人都似给大巧遗嘱。

“我们走了，你一人生活，记住，防人之心不可无。”

大巧忽然觉得颈后寒毛竖立，为什么每个人都如此警告她？

“古太太，你想说什么？”

“大巧，我们都喜欢沐荷，她自幼在齐家长大，与你情同姐妹，但她性格与你完全不同，经我观察，沐荷有点古怪。”

大巧微笑：“可是借去衣物书本不还？”

“那倒不妨，那是少女正常行为，但是，一次整个樟木栊内开司米衣物蛀烂，我发觉是有人故意放飞蛾进去，那是恶意破坏。”

“可有摄录证据？”

“大巧，你这脾气。”

“如果是我呢，你只怪我淘气。”

“假使是你，大巧，你的财物，你的编排，爱怎么都行。那衣箱内有两幅齐老早年置下的名贵维孔那驼羊毛衣料，如今买都买不到，我如何交代？”

大巧不出声。

“蓄意破坏，何故？我们待沐荷不薄，也许，就是太好了，她觉得是施舍，又眼见剩余物资都如此丰富，便——”古太太不再说下去。

“沐荷现在也什么都有了，”大巧说，“少年时的不足均得到补偿。”她轻轻结束说话。

大巧心中一个疙瘩。

露水的世

肆·

我们独自来到人世，
独自生存，独自往生，
只有与朋友在一起，我们才不觉孤独……

古太太收拾行装。

在齐家住了几十年，身外物不少，大部分赠送慈善机构。

大巧对郝浚说："如何可以留住古太太。"

"需那样大的庙，才装得下那样高大庙祝。"

"说得好。"

"齐老只会偶然回大宅，留两个女佣一名司机已经足够。"

"罗律师替我找房子没有？"

"那不是罗氏的工作，银行房贷部会替你办理。"

"还以为可以在祖居住一辈子。"

"据我所知，你一直想搬出独立。"

大巧说："我还有点自知之明，无论搬往何处，巴黎、瑞士、马丘比丘、卡萨布兰卡，还不是靠齐老资助。”

“那就不搬。”

大巧双手搓揉郝浚腮帮，他胡子头发又长回，怪扎手：“你这种科学家心目中只有是与不，头脑简单。”

“你还有其他意思？”

大巧看着他，这呆鹅。

她轻轻说：“搬出去，难道还一个人住不行。”

“齐小姐，你一定会雇用人——啊。”忽然明白了。

“是，”大巧没好气，“你还不快来应征。”

大郝这样的人也会脸红：“结婚？”

大巧高声说：“郝浚，我齐大巧向你求婚。”

大郝抱起她，又往电梯间跑去。

“不，不，危险。”

他放下她，这小小叫大巧的女孩，自十岁八岁起，在他心目中便有个位置，一直以来，他钟爱她。初中，男同学纷纷谈论班上哪个是美女，郝浚不发一言。“喂，说呀，看上谁？”大郝这样答：“我表妹大巧才是美女。”

大巧哭时也奇趣，哗一声，嘴角朝下，双目亮晶晶，泪水还未过腮，古太太已经赶到："别哭别哭，哭时不好看。"大巧淘气，全由他们造成，但她有一种最难得的气质，环境允许她做一个纯真的人，大巧自幼奉行有话直说。

他俩坐着依偎，大巧忽然问："你猜我俩婚姻可以维持多久？"

大郝也不虚伪："不能因噎废食。"

"三年、五年？"

"他们说若能熬过三年关口，或许已能磨合。"

"我俩好似有点悲观。"

"过分乐观更加不对。"

大巧说："英国有个探险家爱丁堡罗爵士，我幼时最喜看他的纪录片。他大半生周游列国，不是在丛林就是在沙漠，长年累月把妻子丢在家中。晚年，她逝世，他后悔至深，反而不再游荡，守在家里思过。"

"那是二十世纪的贤妻。"

"你下站是何处？"

大郝把下巴搁在大巧头顶，语气忽然变得极其向往憧憬："澳大利亚西南部蓝山有一处幽秘峡谷，深二千英尺，需悬绳下坠，该处无 GPS（全球定位系统）讯号，探险人员说似被大地吞噬，四周只有瀑布与巨芒。”

大巧听得变色，这便是叫天不应，叫地不灵。

她轻轻说：“我知，洞底积聚化石。”

大郝如遇知音，心花怒放，卜一声亲吻大巧额角：“全中。”

“那魔幻地带一定还有毒蛇或食人草。”

“据他们说，一进峡谷，队员变为哈比人。该处动植物比例巨大，巨藤如腰般粗壮，芒叶比人还高，奇幻之极。况且，澳洲实是一个大岛，生物独立进化，与众不同，遗下化石，考古价值无可估计。”

“你不会去。”

“什么？”

“如此冒险——”

“蓝山已列为国家公园，有可靠向导。”

“让人家去好了，我们鼓励支持，但你不可去。”

“大巧你说什么？”

大巧打出同情牌：“我已失去父母，祖父年迈，又结婚隐居，我只有你。”

他紧紧拥抱她。

大巧犹自喃喃发表牢骚，被大郝掩住嘴。

风光不是不旖旎的。

大巧对于新居的要求说难不难，说易不易：要静，要有海景，要宽敞。

自祖父处学得，婚礼最简单没有，根本无须筹备，两人签署即可。

那天，合该有事，放学，女同学们叽叽喳喳，交头接耳，兴奋不已，本来大巧不理闲事，但又怕万一讲师赠送分数，莫白吃亏才好，因问："什么事？"

"大巧，你可喜欢西班牙弗拉门戈舞蹈？"

大巧微笑："最喜欢不过。"此外，就是阿根廷探戈与肚皮舞。

"有什么比十名美女跳弗拉门戈更加性感可观？"

此类问题难不倒大巧，她微笑回答："十个美男子。"

"对了！"

什么，大巧张大嘴。

"快，一起去演奏厅。"

原来音乐系男同学在该处练习，一大队女生自各处闻声拥至，像大群海鸥，吵得不得了，一脸馋相。大巧不敢揶揄取笑，她自己何尝不一样，推开演奏厅大门，众女忽然肃静，鱼贯而入，找到座位便悄悄坐下。

大巧发觉演奏厅已黑压压坐满人，颇吓人，竟全部是女生，是次演习必定可观。

她没打算久留，静静蹑站在出口一角。

灯光已经熄灭。表演者陆续登台。

大巧听到集体吸气的声音。

她连忙掩住嘴，哗，什么地方找来如此漂亮舞男，不同族裔的身段恰到好处：硕健、长腿。全部白衫黑裤，但有人穿衬衫，有人穿背心，有些只绑一条颈巾。

观众屏息，盼望气氛浓郁。

忽然，西班牙吉他奏起，谁，谁在暗处弹弗拉门戈？

还没找到乐声起源，舞者已开始举起双臂，缓缓启动，蹬足。

大巧目眩，腋下永远是漂亮男子最性感之处，偏偏这西班牙舞蹈几乎每一个姿势都需要举高双臂，颤抖双腿，随着拍子，拍手作声。

他们感性合拍踏出斗牛步伐：逗弄、旋转、剑刺。大巧叹为观止。只希望舞者永不停止……

终于他们停下舞步，齐齐举起手臂，扭动食指与中指啪一声，静止。

掌声如雷。

接着，女生这样点名叫人："班那昔，班——那——昔——"

叫谁？

忽然舞台暗角走出一个年轻男子，长发披肩，五官秀美如女子，穿一件薄皮衬衫，牛仔裤，手提六弦琴，朝观众鞠躬。

他！他就是那个吉他手，他才是主角。

观众静下，他站在台上，开始演奏，琴音颤抖，宛如叹息，有人忍不住轻呻："我的天，是《Besame mucho》（再吻我多些）。"随着琴声起舞的是一男一女，他俩跳探戈，舞女几次三番轻盈挑逗跳跃到男伴腰上，又轻轻坐到他微蹲的大腿上，举起双腿，琴声缠绵地低声饮泣。

大巧眯着双眼，陶醉影音，靠紧墙上。

只有两曲，灯光亮起，练习结束。

有人叹息："下次不知要等到何时。"

大巧定定神，只觉得双颊发烫。

有人说："我明天就去办理转系手续。"

"你省省，该组不收女生。"

"为什么？"

"讲师班那昔认为女人不会跳舞。"

"他叫 Benise，西语读班那昔。"

"我决定转西语系，西文如鸟语，西泽读西瑟利，要不读赦萨，多好听，欧洲男子真懂生活，又谙调情，法裔意裔，各有妩媚。"

大巧静静走开，内心荡漾。

那么多男子，那么少时间，外边有整座森林。

她踌躇了。

大巧手电响起，古太太声音："我与房产中介约好与你看房子，你人呢？"

"马上到。"

古太太坚决在退休之前帮大巧找适合新居。

大巧赶到目的地，听到古太太发牢骚：“说什么都看不惯，一条走廊通往几间卧室，挤在一堆，肉帛相见，总得分楼上楼下，有无复式房子？”

中介一听，喜上心头，眉开眼笑：“有，古太太，什么都有，立刻陪你去看。”

古太太拉起大巧往山另一边。

大巧耳畔仍萦绕着西班牙六弦琴声，婉转地恳求“再吻我多些”，她耳朵麻痒。

见到楼梯，古太太又抱怨：“整幢房子只得一座楼梯，占位数百英尺，什么设计，房间如雀笼。”

越看越不满。

“大巧，你不搬也罢，房子大，宽松点，将来孩子们可到处走动。”

大巧不出声。

“除非大郝不愿做上门女婿。”

终于找到一层海景旧房子，可以看到缆车轨，前任房客，是法国公使，书房留着一只大红镶螺甸漆柜，古太太说是韩国人二十世纪做的出口货，十分粗糙云云。

中介说：“装修后一定可观，楼底高窗大露台也大。”

“清洁一下便可。”古太太说，“老式水龙头地脚线等都像大学宿舍，阿郝会喜欢。”

大巧微微笑，她与他没别的主意。

就这么说好了。

郝浚来接大巧，看到房子，吓一跳：“我经济情况——”

古太太说：“慢慢分期。”四字交代过去。

老管家办事精练，立刻派人髹漆，又着大巧往律师处签名，她秘如自语：“这是齐老赠你的嫁妆，别看轻这两个字，在印度，若干不得娘家财力支撑妇女，仍有可能被夫家虐杀。你名下有何产业，不必对大郝说，一则他不在乎，二则，‘我俩没有秘密’是世上最愚蠢宣言。齐老已与洪小姐正式结婚，以后，你单独见他几乎不可能，我又退休，大巧，你要速速长大成人。”

大巧只觉凄凉，什么都有，但是凄酸。

“万幸大郝有诚信。”

古太太有一对法眼，看人看事百分之九十九准确。

古太太接着帮手找可靠的非住宿用人。

她回乡那天，大巧才知道古太太回吕宋，多意外。

“还有亲人吗？”

古太太答得好：“以我今日人力物力，一定有亲戚。”

每句都那么好笑，又每句都那么悲情。

“不习惯的话，请马上回转。”

古太太对郝浚说：“一定要对大巧好。”

“嘿，当然我会尽心尽力爱惜她，这还用吩咐。”

然而，郝浚这承诺是许得太轻率了。

古太太看着他一会儿，郑重道别。

再不舍得，也不过是东家。

大巧故意装模作样地低头捶胸说：“一个时代的结束。”

大郝笑得弯腰。

郝浚笑的时候真好看，浓眉跳动，左颊还有个酒窝。

他俩陆续把行李搬进，两人最多是一箱箱书，与数台私人电脑，立即占满半个客厅。

一日，放学回家，发觉三名大汉正帮手组合简单家具，一张新床已经搭妥。

看到大巧抬着一箱啤酒回来，欢呼。

大巧瞠目，这都是谁?

啊，认出来了，大巧高兴地指着他们。

“不记得我们吗？”

大巧走到他们面前，闻到熟悉的汗臊气，她拍手哈哈笑：“有朋自远方来，不亦乐乎。”

她一个个辨认：“你是红发克拉克；你，你是加国人士艾历信；还有你是爱吃的史蓝诺，全是史密松学会考古门生，今日又见面了。”

“啊，这女孩好记性，怪不得大郝爱上她。”

“阿郝从此成为俘虏，嘻嘻嘻。”

手也不闲着，啪开啤酒瓶喝。

“郝浚呢。”

“这里。”

他也抬着瓶装啤酒箱回来，一进门先吻未婚妻：“这班酒肉朋友来参加婚礼，然后，转程往澳洲蓝山考察，大巧，你说可要招呼他们？”

大巧欢喜：“一定要让他们酒醉饭饱。”

有人叫：“住在这里可以吗？”

“大宅有床，大宅舒服。”

“这里才是大郝的家，比较自由，我们带了睡袋。”

“随便你们，要吃什么，写条子贴门口，用人会去办。”

“不怕弄脏新居？”

“大不了再髹漆一次。”

郝浚高兴得再搂住大巧亲吻。

有人想起：“朱子呢，怎可忘记朱子？”

这时郝浚笑答：“他们一家三口明天到。”

大巧喜出望外：“哇哈，大郝，怎么感谢你。”

轮到她去亲吻他。

众友大嚷：“我们也要结婚，我们也要结婚。”

原来他们通通未婚，大胡髭遮掩真实年龄，其实都只是二十余岁人。

郝浚说：“楼下还有两箱香槟。”

大巧说：“我帮你。”

落到车房，发觉吉普车右角撞凹一块。

郝浚解释：“私人路出去往左转，一时不慎，踩过界，迎面有车来，临急闪往右边，擦到大树干。”

“哎呀，那是一棵影树，它可有损伤？”

大巧关心的不是名贵吉普车，这就是大巧。

她说：“那个弯位的确麻烦，况且，你们驶惯左軚车。”

两人把香槟抬上楼。

客人已取出地图摊在地上，笔记与电脑板一起启动，开始蓝山堪舆会议。

大巧悄悄说：“我与司机去接朱子三口，你在这里招呼这些野人。”

郝浚搔头：“这里住不下朱氏一家。”

“兵分两路，我陪他们住大宅，你驻扎此地服侍这一批。”

果然，有人叫了：“大郝，肚子饿。”

大巧想起古太太主持大局的日子，黯然。

她回齐宅，吩咐用人准备，她们高兴回答：“我们懂得，家里热闹，求之不得。”

就这么说好，大巧与司机去往飞机场。

看到表姐兼好友之际，大巧暗暗吃惊。

沐荷把幼儿紧紧抱怀里，身形不但未缩，反而更壮，仍穿着旧时孕妇衬衫，头发胡乱束一团。

沐荷变得陌生，朱诸何尝不是，胖胖一团，大大的头，双眼突变细小，鼻子油油。

还有那小小子，手臂胖得一截截，像演员穿上肥大海绵衣扮胖子，这回倒不哭，双眼乌溜溜看风景，大巧可以发誓，他的表情有点奸诈。

沐荷一见大巧欢呼，幼儿也跟着啊啊作响，沐荷直觉她的宝贝即大巧宝贝，把儿子捧出示意大巧可以抱，大巧退后。

若干扰攘，大家终于上车。

沐荷这时对朱子说："大巧与大郝终于结婚，今年最佳消息。"

大巧仍为好友身上多余脂肪怅惘。

她第一次对沐荷有口难言，不久之前，她们可是无话不说的啊。

到达齐宅，女佣立刻眉开眼笑把孩子接过，她们自从老先生离开，闷得发慌，今日总算有事可做。

她们立刻摆出茶点。

朱氏伉俪绝对不客气，大口大口吃，一直赞美味，大巧吩咐用人三餐都做清淡些，厨子看到朱子三口身形顿时明白。

沐荷牵着幼儿的手一步步示范走路。

哗，这么大了，已经学走，脚踏红尘。

只见胖胖小腿发奋缓缓前进，尚未学会运用关节，走得僵硬。他一手抓着一袋爆谷，另一手把爆谷放进嘴，一不小心，掉下一粒，不得了，立即低头寻找。咦，就在脚下，想弯腰去拾，沐荷怕他跌倒，连忙捡给他，他马上放进嘴里。这时沐荷放开他手，他一步步走到大巧面前，露出笑脸。“嗨。”他说。

大巧感动得泪盈于睫，才多久？已经做得人脑合一，四肢配合，还会与人打招呼，了不起。

朱子不想休息：“我去探望史密松同袍。”

“司机送你。”

沐荷说：“我想浸泡泡浴，有无香槟？”

大巧立即吩咐下去。

她坐在浴缸边与沐荷说话。

生育过后，沐荷身段再也不比从前，肚皮上多一层皮肤与皱褶，大巧不敢细看。

她俩闲话家常。

沐荷："其实你可以反对。"

大巧："我再也不能违反老人家心意，他高兴就好。"

沐荷："你的财产不见一半。"

大巧："那全是祖父的产业，我自出娘胎，未曾赚过一分一毫。"

沐荷："真叫人唏嘘，古人说那是你自身带来。"

大巧："我终于忍不住，你为何不收身？"

"再生一名，到时，饿死也减肥，还有，多余皮皮渣渣，叫矫形医生拿掉。"

"还生？"

"我爱朱子，朱子爱孩子，两个不算多。"

"勇敢的沐荷，我帮你付矫容费用。"

两人大笑。

沐浴后大巧陪沐荷上街置几件衣裳。

然后在服装店附设的茶座喝咖啡。

沐荷说：“你这样清静日子值得羡慕。”

“我极少闲逛。”

“婚后有何打算？”

“老郝的意思是叫我随他满山走，我还在踌躇。你知他们去的地方，连电讯号码都没有，我看过图片，那蓝山地洞，就是我们华人形容的万丈迷津。”

“大郝可以到大学教书。”

“那像把一只猎隼关在笼里。”

“那么，你也不是猢狲，怎可满山跑。”

大巧苦笑：“如何相随，况且，我还要上课。”

“可要我加张嘴？”

“千万不要，大郝有脾气。”

“船到桥头自然直。”

朱子那晚深夜才返，与旧友见面，他像活转，兴奋地说着见闻。

大郝把吉普车借他使用。

天一亮，他又心痒痒与他们会合。

大巧与朱诸一起乘吉普车出门上课。

“大巧你好学。”

大巧忍不住笑：“懒人才躲到学校逃避现实。”

“你与大郝怎么看都是一对。”

“我俩仍需磨合，满途荆棘。”

到了学校，大巧下车，朱诸欢呼一声，把车子驶去与老友见面。

大巧想起才子奥臣韦尔斯说过：我们独自来到人世，独自生存，独自往生，只有与朋友在一起，我们才不觉孤独……

她走进校门，同学拉住她：“齐大巧，来。”

“去何处？”

“男更衣室，今晨英伟的英式足球组刚练完球，我们一队人去做突击检查。”

“这不大好吧。”

“机会千载难逢，他们凌晨练球，势不防范，这票人平时傲慢，视我们如无物，这是报仇良机，你站门前把风，一见教练，吹响哨子，大家自后门溜走。”兴奋之极。

“这样无聊，我不干。”

同学忽然低声："当然幼稚胡闹，可是你想想，我们已过二十一，还能胡搞多久？转眼间人老珠黄，再也不能推诿年幼无知，唉，莫待无花空折枝。"

不知怎的，这一番胡言乱语却打动齐大巧的心，她想起沐荷打褶的腹部，顿生朝花夕拾感觉，她听见自己说："把哨子给我。"豁出去了，婚前最后一次荒唐。

她跟大队步行到男更衣室，众女生大力踢开门闯入。

大巧也是第一次进男子浴室，只见一排排直柜，对着长木凳，再进去是淋浴设施。

哗，蔚为奇观，二十多名硕健男生正在更衣聊天，全体衣冠不整，有些只围一条毛巾，看见一大堆女生拥入喧哗拍照，他们先是发怔，随后用所有想象得到的粗话骂人。

大巧懒洋洋靠着门口把风，观赏风景，只见裸男们大手大脚，足球员全身肌肉那是漂亮得没话说，有些大胆女生索性把他们身上大毛巾扯落，笑成一团。他们四处窜逃，不，不是怕被看，而是不甘受辱。

这时一个男生裹着毛巾走到大巧面前，嘴里"——、——、——"不停。

“出去，滚出去！成何世界！”

大巧笑眯眯，不出声，看牢他。

壮男真正气结，忽然兴起，解掉毛巾，大巧连忙定睛，可是他里头穿着护罩，大巧哈哈笑，这时，教练接报气呼呼赶至，大巧忙不迭吹哨子。

众女生一听，立刻扔下一切，往后门逃去。

有人够义气，照顾大巧，拉起她手飞奔。

众女回返宿舍，笑得眼泪鼻涕不亦乐乎，并且展示猎拍得来照片。

有人说：“男子真好看。”

“你指年轻漂亮少年，到了中年，他们比女性不济，女子擅长打扮，又挨久些。”

“会不会记过？”

“一味否认即可。”

她们立刻散开。

大巧怔怔想，外边仍有那么大一座森林。

可是郝浚毕竟是她一生最爱。

放学她回齐宅。

沐荷争取休息时间，用人说：“可怜，不知多久没好好睡一觉。”大巧趁机写功课。

朱子有电话：“可要带他们母子一起到这边？”

“沐荷正午睡，孩子吃点心。”

“大巧，我们打算替大郝办独身汉最后狂欢晚会，带他到脱衣舞夜总会开心一下。”

大巧笑：“他不喜欢那种地方，他才不会敷衍你们。”

“哗，胸有成竹。”

“嘿，知彼知己，百战百胜。”

不久，大巧靠着沙发，也悠然入梦。

半晌，她听见有人叫她：“巧，巧。”

这是谁，一个端庄的中年女子，大巧知道绝对不会是母亲托梦，她俩没有一丝缘分。

“你不认得我，我是祖母。”

大巧从未见过祖母真人，不禁纳罕。

“什么事，祖母，有何吩咐？”

“大巧，”她轻轻说：“不久，会有一件叫你伤心的事发生，你要勇敢。”大巧微笑：“我颇懂得分寸，祖母请放心。”

祖母渐渐远去。

大巧惊醒，愣半晌，内心忐忑。

趁梦境清晰，她连忙到书房找旧照相簿。

翻到先祖母照片，对证，噫，一点也不像，真祖母有张鹅蛋脸，可见梦即是梦，大巧释然。

她发觉沐荷已经醒转，正对着观赏海景，神情有点寂寥，大巧忙走近逗她开心。

大巧把同学传给她的男更衣室风光片段给沐荷看。

沐荷一瞥，张大双眼，额角抬头纹都跑出来，她笑得弯腰："胡闹，淘气。"

大巧指点评论。

"你认识他们。"

"要结交也很容易，这是凯斯拉，明年拿奖学金往哈佛足球队，你看他全身肌肉，直叫人不戴任何有色眼镜赞赏，这才应该是男性的肢体。"

沐荷说："确实美观，但他们也只得一身肉，what you see is what you get（所见即所得），郝浚不一样，他难得，内涵与外形具备。"

大巧笑："你说得对，郝哥是我偶像。"

这时有人按铃，大巧一看，原来是朱诸返回。

他带一束淡红玫瑰花："诸君送给你沐荷，来，你们母子速速更衣，他们想见你们。"

沐荷笑着换上新衣。

朱诸称赞："吾妻真是美人。"

儿子换上小小水手装，爬到他身上。

朱诸哈哈笑不拢嘴，这是他得意之秋。

朱子说："大郝借吉普车给我用几天，大巧，你一起。"

沐荷忽然想起："大巧，老先生什么时候到？"

大巧若无其事："他不来了，他一早已予祝福，大郝父母今晚抵达。"沐荷一怔。

朱子说："老人家不宜长途跋涉，再说，我们会吵闹。"

大家准备妥当，正要出门，大巧的手机响。

对方说："齐大巧，我在你家楼下，可以见面否？"

大巧一怔："阁下是谁？"

"我没有恶意，我只有企图，你见到自然知我是谁。"

大巧好奇，往露台探视。

看到了。

大巧不禁笑出声。

只见一个高大英轩年轻人站在街外，他整齐穿着上衣与丹宁裤，但裤外仍然围着一条大毛巾，一看就知道是男浴室那个足球员。

大巧连忙与朱子一家说：“你们先去，我随后即来。”

沐荷说：“你有事？等你好了。”

“不，你们先走。”

起初夫妻俩不明白，到了楼下，看到大宅门外停一辆红色小跑车，一个漂亮男子在车边等，他们才知因由。

朱子纳罕：“这是怎么一回事，后天就要注册结婚。”

“朱子，”沐荷说，“这你就别管了。”

“怎么不关我事，我才不要撇清——”

沐荷按住丈夫：“速开车，对大巧要有信心。”

朱子悻悻说：“好，且信她一趟。”

他缓缓把车驶走，狠狠瞪那年轻人一眼。

大巧下楼，双手撑着腰，嬉皮笑脸对牢来客。

那男生也不是善男信女，一见大巧，立刻解除大毛巾。

大巧笑得翻倒。

他说："能叫你笑，却是本事。"

"你来干什么，复仇？"

"我来追求。"

"你不认识我。"

"现在知道了，我已打听得一清二楚。"

"那么你想必知道，我后天便要结婚。"

"那我尚有两天公平竞争机会。"

大巧看着他，仍然笑眯眯："我深爱对方，没有人有机会。"

"呵，两天后再说未迟。"

大巧问："请教尊姓大名。"

"鲁一川，工程系四年，校方英式足球队队长。"

"你那班同僚还好吗？"

"他们受惊过度，已入院观察。"

大巧笑得蹲下。

小鲁看着淘气女的俏脸，怎么看怎么喜欢。

"我为什么没早些看到你？"

大巧站直："此刻我要去与未婚夫会合。"

他极之大方："我载你。"

大巧请他在办馆门口停一下，她采购大量水果。

小鲁问她："你肯定对象是那个男子？"

"我七八岁时已认识他。"

"他修何科？"

大巧得意扬扬："他早已毕业，他是史密松学会的古生物学者。"

"有照片吗？"

大巧出示电话上照片。

小鲁吃惊："好不英俊！"他不得不服帖。

"不敢当。"大巧咧开嘴。

车子驶往新居。

大巧指示："这条路直驶到底，一棵大影树处右转上斜坡。"

小鲁忽然说："看。"

这时，大巧已闻到一股刺鼻焦油味，她看向前边，远处有黑烟升起，明显有什么正在燃烧，大巧惊疑不定。

就在这时，车后呜呜声警号大响，鲁一川马上把车驶到路边让路，救火车与警车风驰而过，刺耳响号叫大巧心惊肉跳。

鲁一川说：“前边有车祸。”

话还没讲完，轰隆一声巨响，大巧忙不迭掩耳，耳膜震得嗡嗡响，车身晃动，停在他们后边车子的司机与乘客哗然，纷纷下车观看。

大巧被震呆了。

她看到前边有大蓬蘑菇形烟云升起。

大队警察赶到，吆喝：“掉头，所有人上车，所有车子掉头改道，快，快，这不是好奇的时候！”

立刻架起路障，指挥车辆转弯。

鲁一川灵活驶离现场，这时，浓烟与焦味叫他呛咳流泪，驶到路底，仍有警察站岗。

他问：“警官请问什么意外？”

制服人员答：“无可奉告，快走。”

驶远，停好车，惊魂甫定，他侧头看大巧。

哎呀，只见呆呆的她一脸血，鲁一川吓得手都颤抖，取过纸巾，替她拭抹。啊，幸好只是鼻血，他取过矿泉水瓶子，倒出水，帮她敷脸。

“别怕，有我在这里。”

大巧抓紧他手：“那条私家路只通往斜坡十来户住宅，我的家是其中一户。”

“快打电话给家人。”

一言提醒，大巧取出手电，拿不稳，卜一声跌落车厢，鲁一川拾起：“几号？”

大巧竟答不出来，鲁一川把她拥在怀中。

在山脚都看得到黑烟。

终于大巧说：“按‘家’字。”

但电话没人听，只听到救护车哗哗声经过。

鲁一川说：“喝口水，也许他们在外边看热闹。”

大巧双目呆滞。

鲁一川说：“我有友人在警署当值。”

他立刻联络朋友，那人也要问几个人才得到消息：“本不应透露——”

“废话。”

“和达路与平达路交界处发生严重意外，一辆超速跑车过线撞向一部吉普车，两车均车轮朝天，继而着火焚烧爆炸，现场已封锁调查。”

“乘客与司机？”

“正在抢救，生机甚微，记住，你没与我通过话，再见。”

“喂，喂。”他还想问车牌号码。

大巧一声不响。

吉普车与跑车都属于她所有，均用她名字注册，不会那么巧，不会就是这两部车。

大巧魂不附体，浑身关节已不能支撑肉体，她喘气：“我要去现场，我要去看。”

鲁一川没想到第一次约见齐大巧就发生这样恐怖的事，他也手足无措。

这时大巧手机响起，鲁代她接听。

那边呼喝：“你是谁，为何用大巧电话？”

“我是大巧同学，大巧在我身边。”

那人明显松口气：“谢老天，叫大巧说话。”

“大巧她受惊说不出话。”

“看住她，你们在什么地方？我马上来。”

“你又是谁？”

“我是罗森堡律师。”

鲁一川连忙报上他车牌号码与所在地点。

老好罗律师不到十分钟就赶到大巧身边。

大巧看见他推开车门下车，腿软，跪倒，罗律师扶起抱怀中。

大巧提起勇气问：“谁，在车里？”

脸色煞白的罗森堡像喃喃自语：“只救出一女子，重伤，皮肤半焦像一团炭，尚余呼吸……”

大巧浑身震抖：“朱诸呢，孩子呢？”

罗森堡不出声。

“跑车里是什么人，那可是我的郝哥？”

“不，不是他，郝浚已赶往医院。”

“啊，载我去医院。”

罗律师让大巧喝水。

“跑车里是谁？”

“据郝浚说，是红发的克拉克，他坚持出去买酒。”

大巧蹒跚上罗律师车子，双眼昏黑，满天星斗，连提气都有困难，她耳畔有一把游丝似声音：齐大巧，不能垮下，一切因你而起，你负责善后。

大巧头皮发麻，因我而起?

你，是你把朱子一家唤回参加婚礼。

可是——你叫他们先走，方便你与陌生人调情，他们才会不偏不倚撞上跑车。

大巧用手紧紧按住面孔，指节发紫，她整个背脊冒冷汗。

那尖钻般声音不放过她，直刺入她心脏：你齐大巧，害死他们一家，那幼儿，才一岁不到，刚学走路，他才长出四颗门牙，他本来可以长大成人，读书工作结婚，齐大巧，他是一个小小的人——

大巧胸内虚空，脑神经线之间似联系不到一起，她像牛般喘气。

“大巧，镇定，喝一口白兰地。”

罗律师把一只银扁瓶交她手里。

大巧接过瓶子，一口喝光，呛喉，酒似一股暖流传到胸口，她这样说：“我所有亲爱的人都在我眼前消逝，为什么。”

罗律师难过得说不出话。

这时车已抵达医院，一辆红色小跑车紧随尾后，是那个男同学，他一直没有离开。

罗律师冷冷没好气：“你来干什么？”

“罗先生，多双手。”

罗律师索性说：“去买半打热咖啡，奶与糖置一旁。”

“明白。”鲁一川大声回答离去。

一进医院大堂便有警务人员走近。

“罗律师，与你当事人齐小姐说几句话。”

“大巧，这边坐，很快，尽量协助他们。”

大巧的问题比警务人员更多。

一个女警官这样对她说：“只有一名女子生还，情况危殆，她由两名义勇途人冒险在爆炸前拖出车厢。救火人员将火扑熄，根本不知车内尚有婴儿，真不幸，救护人员见此惨剧，震惊发呆，有人忍不住落泪。”

大巧双眼布满红丝，只是哭不出来。

她轻轻说："那名女子，她叫沐荷，是我表姐。"

"罗律师与一位郝先生已知会警方各人身份。"

这时鲁一川捧着咖啡赶到。

罗律师吩咐："一杯加奶不加糖给大巧。"

他自己取过黑咖啡，连灌两杯。

鲁一川蹲在地上服侍大巧，这可怜女孩，佝偻身躯，越缩越紧，像是想在世上消失的样子。那小瓶白兰地发生效力，大巧其实已经认命。

"我想看看我表姐。"

"她尚未醒转，医生治烧伤往往令病人昏睡。"

大巧苦苦哀求："我只想站一边看一眼。"

看护带她在玻璃窗外，拉起百叶帘，大巧看到沐荷脸容无恙，轻轻呼出一口气，她低声说："世事总有办法叫我们不能活下去。"

看护恻然说："你要心存盼望，鼓励伤者。"

大巧忽然想起爷爷嗟叹："露水的世，虽然只是露水的世，虽然是如此。"祖父感慨人生短暂，痛楚无边。

大巧把头顶在玻璃窗上。

她听到身后脚步声。

转过头去，郝浚站在附近。

照说，两人应当拥抱哭泣，相互依偎慰藉，自对方身上借取能量，坚强站挺。

但是他们没有那样做，郝浚脸色与大巧一般死白，仿佛全身血液已自脚底漏走，他只微微朝未婚妻点头，示意有话要说。

那边鲁一川已经认出英俊高大男子正是齐大巧意中人，他也惊讶两人之间淡漠。

大巧坐郝浚对面。

他沙哑低声说："我已取消婚礼，猜想你不会反对。"语气相当镇定，"且已知会父母不必前来，另两位同事会尽快赴澳大利亚。"

"明白。"

"我会替朱诸与克拉克办事，罗律师慷慨派出员工帮忙。"

大巧一点表情也无，呆若木鸡。

"我想告诉你，如果这是安慰的话，他们没有痛苦，他们父子此刻永远在一起做伴。"

大巧一声不响。

郝浚低声说："我不该自作主张叫他们一家参加婚礼，我也不应叫克拉克他们住我家，借出车辆，容许他们酗酒，我虽不杀伯仁，伯仁因我而死，余生我不会原谅自己。"

大巧声音比他还平静："郝哥，我俩是罪人。"

"不，不是你，你只是个孩子。"

"郝哥，我难辞其咎。"

罗律师走近："我知道你俩说些什么，太要不得，快把念头丢开。别以为你们对这种意外悲剧有所主宰，这纯粹是一宗意外，当务之急不是问责，而是扶持沐荷康复。"

他看到的是他们空洞呆滞的眼睛。

罗律师心痛，这一对年轻人最夺目是拥有得天独厚晶莹双瞳，尤其是郝浚，人未到，老远就看到他闪烁发亮的眼睛，骄傲呈现生命力。

他只能说："振作。"

郝浚这样说："我还有点事，这些日子我会比较忙，如果没有时间，请你见谅。我已嘱院方，沐荷一醒，即时通知我们。"

大巧浑身一阵凉意，明敏精灵的她，知道他俩感情已经堕入冰窖。

她想叫住郝浚，但不知怎样开口。

当他背影消失，她才张开嘴唇，声音细微得几乎听不见："郝浚，不要走。"

太迟了。

有人问："可是叫我？"他走近。

大巧看着鲁一川："你还在这里，快回家去，通通不关你事。"

"齐大巧，让我陪你。"

大巧摊开手："鲁同学，我一团糟，实在不宜见客。"

"你不用理会我，让我坐一角就好。"

大巧伸手抚摸他衣袖："回家去。"

这时罗律师回转："大巧可要叫古太太回来陪你。"

大巧勇敢摇头："我不能一生靠古太太。"

罗律师只得说："我送你回家，有事随时找我。"

鲁一川还想说什么，终于知难退下。

露水的世

伍·

这也是正确的，悲伤是牛角尖，
越钻越深，万劫不复，
一定要出死力在边沿站定不放自救，
也许最好是谈论一本名著，
或是一种至美味的冰激凌。

大巧回到家。

她脚步轻浮，腾云驾雾，进浴室清洁，要扶着墙壁。

时钟说是下午五时，原来只相隔几个小时，失去的人再也不会回来。

大巧呆坐床沿，用人捧进她惯吃糕点。

她取过一块放入嘴里，舌头压下，一嘴干木糠似的，什么味道也没有，她吃惊，连忙吐出。

用人看到，忙说："我去做汤面。"

大巧摇手，喝半杯茶，茶却苦涩。

她一声不怨，倒在床上，全身关节散开，骨骼一节节，各归各，她闭上双眼，天旋地转，如堕无底深渊。

倘若齐大巧觉得心肝像被人摘了去，那沐荷呢。

也许，沐荷索性跟着他们父子一起走，反而好些。

用人拿杯子进来："喝口参茶。"

大巧摇头，用人急了，扶起大巧，强她喝下，大巧总算喝数口。

疲累到极点，又睡不着，耳畔忽然听见 Ma Ma Mum Mum 之声，大巧跃起，孩子，忘记喂孩子，他肚饿叫人。

大巧一头大汗满屋寻人，那顽皮小儿躲进何处？

忽然想起，幼儿已不在人世。

她腾腾退后几步，急痛攻心，跌坐在地。

耳边尚听到小儿哭声。

大巧掩住双耳，找到电话，声音低弱："鲁一川，可否陪我说话。"

"十分钟。"

这是鲁一川第二次造访齐宅。

大巧在会客室等他。

才一天，她瘦了一圈，可知打击有多大。

一川喝茶吃果子，且不说话，待大巧先开口。

大巧问：“校里可有趣事发生？”

“今日物理科同学实验‘非牛顿液体’：把粟米粉与水调和——配方当然绝密，不容透露——注入水池，同学们轮流疾步走过，表演达摩老祖式萍水登渡，或是耶稣走过加利利海。”

大巧答：“我也听说过，但必须要啪啪啪大力迅速奔过，压力使液体分子转变结构，支撑重量才行，假使光是站着，很快下沉，但为何叫非牛顿液体？”

“因这种变化不包括在牛顿定律之内。”

“科学真有趣。”

“你在读什么？”

“《红楼梦》呢。”

一川吓一跳：“是有这么一本书，好像人人梦里有梦，因里有因，古怪之极，无论如何看不下去，长辈说从第三回起读比较好，可是又只见一大堆女子纷纷出场，混沌一片。”

“啊，不可，一定要由第一回起读。”

“怪不得你可以选文学科。”

“小说首三回是全书的 foretelling（预言，预告），这种写作技巧在莎剧常见，即预言将要发生的情节，先向读者示意。”

鲁一川微笑，老远来到，竟谈起一本古小说，始料未及。

这也是正确的，悲伤是牛角尖，越钻越深，万劫不复，一定要出死力在边沿站定不放自救，也许最好是谈论一本名著，或是一种至美味的冰激凌。

一川取过书册读出：“但小说一开头便这样形容：‘女娲氏炼石补天之时于大荒山无稽崖炼成高经十二丈方经二十四丈顽石三万六千五百零一块，只单剩了一块未用，此石自怨自叹，然后又口吐人言与一僧一道高谈阔论……’喂，读文学的齐大巧，请问读者怎样接受？当科幻小说读还是别有方向？”

大巧看着他：“鲁同学，你好不愚鲁，请问阁下可曾读过马尔克斯的魔幻现实小说。”

“《一千年孤寂》？”

“没有那么久，才一百年。”

“我只读过短篇《长翅膀的老人》，寓意甚深，读之如嚼橄榄。”

“是呀，故事说，某日在农庄，忽然从天掉下一个长着翅膀老得不能再老的老人……你可以吸收西方作者这种怪诞譬喻手法，为什么不能接受炼石补青天，你的平常心呢？”

“哟。”一川摸着头。

用人听见会客室内有谈话声，比较放心，乘机捧入面食。

一川是运动员，胃口非同小可，见小碗里只盛三口鸡汤煨面，三扒两拨就吃光光。

大巧叹口气，也吃两口，剩下的一川也接过吃完。

大巧把一本线装书递给他，她自己也翻阅另一册。

一川打开书叫苦，哎，连标点也无。

其中有首诗这样说：陋室空堂，当年笏满床，衰草枯杨，曾为歌舞场——

他正想对大巧发表意见，转头一看，大巧已经盹着，一手撑着头，另一手按着古旧发黄的手抄本。小脸低垂，长睫妩媚，读文学的少女永远比科学生秀丽，齐大巧更是其中最突出一名。

原先，她翌日就要举行婚礼，现在，看样子，一定已改了期。他对自己说：鲁同学，你要好好把握机会。

他本来有点累，加上吃饱饱，不觉也在另一张沙发上睡着。

女佣进来收碗筷，只看到客与主各自打盹，倒也有趣，连忙替两人轻轻搭上毯子。

回到厨房，另一女佣问："好些没有。"

"不见她哭泣。"

"真惨，好端端婚礼取消，家散人亡。"

"啐，噤声。"

"那年轻人是谁？"

"同学。"

"不管是什么人，愿作陪就好。"

"那郝先生不知去了何处。"

两人咕咕哝哝，不久，宅子又恢复静寂。呵，这所大宅，曾为歌舞场。

鲁一川做噩梦，他看到一块长着嘴巴的大石与他说话：“喂，鲁同学，你在这里干什么？”他生气，这样反问：“你是火山岩还是页层岩，关你何事？”那块大石朝他滚过来，他大喊。

惊醒，发觉用人正轻轻拍他肩膀。

一看，天色已暗，齐大巧仍未醒转。

“鲁先生，该回家了。”

时钟指着凌晨一时，呵，这一觉睡了好几个钟头。

“我想等大巧醒来。”

用人赔笑：“鲁先生，这可不大方便呢，你说是不是。”

一川汗颜，确不该提出如此要求。

用人斟杯热咖啡给他。

一川上车时觉得有点冷，什么气节？他竟不复记忆。

齐宅是个洞天，一走进浑忘一切。

接着整个星期，郝浚都没有与大巧联络。

他为天下最痛苦悲惨的事忙碌。

一切手续办妥之后，他还要亲身去朱家长辈处交代。

郝浚往往要喝上半杯白兰地才能勉强振作。

他与大巧都有着太多 survivor guilt（幸存者内疚感），心理专家说：在一场灾难中，幸存者会有极大内疚，为什么去的不是我？不能释然。

那一天，大巧应当与朱子三口一起出门，她也应当在车里。

那一边，驾跑车去买酒的人，应是郝浚，不该是人生路不熟的克拉克。

每朝大巧醒来，都长叹一声，啊，太阳如常升起，她也还得起床生活，脚步蹒跚往浴室清洁。

每早上学之前，她探访医院里的沐荷，放学又再去一次，看一眼昏睡中的好友。

大巧只遇见沐家亲人一次。

他们说：“这笔医药费可怎么算。”

大巧着他们放心。

他们也难过：“还以为沐荷以后无须家人操心，会有好日子。”

“沐荷还年轻。”

以后也没再见。

沐荷醒转那日，郝浚比大巧先到。

大巧一进病房，见她郝哥背着门口站窗前，背影英俊挺拔，她忍不住走近，这可是她的未婚夫呵。

郝浚听到她脚步声转过身子，退后一步。

大巧心如刀割，却若无其事走到沐荷身边。

沐荷半卧病床，脸眼浮肿，一声不响。

大巧有口难言：“沐荷——”

沐荷看向大巧，眼神流露出她已知悉一切。

真亏大郝报知噩耗。

病房里三个年轻人一点声音也无。

医生进来诊治，说了一些话，检查沐荷四肢。

她的烧伤全在左边肩膀、胳膊、大腿，经过皮肤移植，穿着橡筋衣，每日需要镇痛注射。

医生讲些鼓励例子：“出院？还早着，先别想它，稍后开始做物理治疗。”

自始至终，沐荷没有开口。

一个人的心死了也就是死了。

此刻的她只剩下肉身，仍然要过日子，大巧想不出还有什么人比沐荷更惨。

大巧想伸手抚摸沐荷烧焦头发，又不敢冒犯。

大巧目光一直没有与大郝接触。

他回避她，好似只要把齐大巧推开，他就可以逐步赎罪复原。

大巧气愤心酸。

她轻轻对沐荷说："我下午再来。"

沐荷这时向大巧做一个手势：她模仿饮水的样子。大巧一看就明白，她微微点头。

大巧把郝浚丢病房，一个人离去。

大巧到酒庄替沐荷买酒。

她知道沐荷爱喝甜酒，但伏特加胜在无臭无色，她选一打小酒版，小瓶子容易走私，着女佣连清鸡汤一起带进。

沐荷同大巧一样，并无大跳大叫大哭大嚷。

下午，沐荷在体疗室于看护照料下撑着支架一步步艰难走路。

看护称赞："她十分坚强。"

大巧不认为如此。

沐荷越是勇敢，大巧越是害怕。

在走廊，她遇见罗律师，大巧意外。

罗律师说："沐荷嘱我办理朱诸遗嘱。"

他叹息一声，一切感受，原来可以用重呼吸代示。

"朱先生处事十分明智，他有些许积蓄，暂时可以应急，大巧你已应允缴付医药费用，减轻她的负担，她说齐老曾给一笔嫁妆，当可应急。"

"她语气如何？"

"平静得叫人心碎，一字不提夫与子。"

"出院后她打算在何处定居？"

"她没同你提及？"

大巧摇头。

"烧伤最难痊愈——"

"医好为止。"

"齐老也闻知这件事，他叫我尽力协助。"

大巧嗒然："没有一件好消息。"

"大巧，世事不如意十常八九。"

"岂止八九。"

罗律师说："有空约大郝一起吃饭。"

提到郝浚，大巧发呆。

这些日子，陪她的是另外一个男生。

大巧这样诉苦："这里那里该处彼处，全身都疼痛，我余生再也笑不出，父母辞世后努力挤出的丁点乐趣，这次都被黑白无常用旋风吸得干干净净。"

形容传神，不愧是文学生。

一川说："来看我打球。"

那天下雨，大巧打着伞，穿雨衣，坐看台边。

鲁一川雄姿英发，有意露一手给齐大巧观赏，过五关，斩六将，直捣龙门。

大巧越坐越寂寞。

天气凉快，但其他球员的女友却还穿小背心及超短裤，时不时跳跃举手娇笑欢呼，豪乳颤动，叫同性的大巧看得打饱嗝。

打完球，一川浑身泥巴满头大汗走近大巧，情不自禁，用肩膀搭住大巧。"我方大胜。"他说。

不知怎的，大巧没推开他。

她一向喜闻男子汗息，这时一川大汗叠小汗，脸额布满小圆珠，煞是好看，他头发全湿，贴在额角。

一川只用毛巾擦头：“先送你回家。”

大巧点头。

用人启门，一见他俩浑身湿透：“当心着凉。”

大巧说：“可带有干衣，赶快淋浴。”

一川拎着更衣袋上楼，用人取一块毛巾给他。

齐宅浴室考究，全米白大理石，大莲蓬头。

一川除去上衣裤子，发觉大巧坐在一角，并无离去之意，他骤然觉得紧张，咳嗽一声。

大巧动也不动。

人家女生如此爽疏，一川也不好小家败气。

他走进淋浴间，脱裤，开温水冲身，一边说：“雄鹰队这次输得口服心服。”

渐渐他松弛下来，抹去玻璃上水蒸气，发觉齐大巧已经离去，一川恍然若失。

更衣后他在会客室喝热茶。

陆·

这世上总要有一个明白人，
懂得克制。

齐家上下忽然热闹。

大巧站大堂吩咐："先去买花，这时节也只有温室玫瑰，吩咐插得漂亮些，菜式至要紧清淡，鱼不可多骨，书房要开空气清新器，快些，司机，跟我去接飞机。"

这是大巧离开浴室的原因。

鲁一川比什么时候都更像一个外人。

但大巧没忘记他，她走近："我祖父忽然回转，人已在飞机上，一小时后抵埗，我得迎接他。"

"那我先回学校。"

"你可以留下吃饭。"

一川很懂事："这回老人家必然会疲倦，下次再说。"

大巧点点头。

一川忽然握住大巧的手一会儿："再见。"那小手冰冷。

大巧连忙更衣出门，碰见罗森堡律师匆匆赶至。

大巧问罪："是你通风报信，让老人回来？"

"不是我。"罗律师说，"上车再说。"

"那是谁？"

"是郝浚。"

"他为何冒失？"

"他瞒着我们亲自往内地见齐老，他向齐老退亲。"

大巧一听，浊气上涌，胸口壅塞，再也说不出话。

"大巧，对不起。"

无端端要一个中年律师道歉，叫大巧觉得荒谬，她哈哈大笑，那笑声却像哭声。

罗律师说："大巧，哭出来也是好的。"

啊，郝浚不要她了，她自小钟情的郝哥，一起走了那么多路，忽然之间背弃她。

大巧低声问："车祸至今，到底多久？"

"已个多月。"

大巧这样回答："好似才一两天。"

"大巧，照我观察，没有小青年不喜欢你，来日方长，何处没有芳草，据报你那位鲁同学，就一表人才。"

"什么都瞒不过你的法眼。"

"大巧，千万别哭丧着脸，且随得郝浚发疯，你别理他，你祖父的情绪排首位，明白否？"

大巧点头。

"这世上总要有一个明白人，懂得克制。大巧，实不相瞒，我对这一代年轻人的自恋任性厌恶到极点。一切都是我我我，太阳围着他转，不顾别人感受，一遇事大叫大跳，癫狗一般，都变成幼儿！齐大巧，你要树个榜样。"

车厢静下来。

到达小型飞机场，正好看到私人飞机缓缓滑停。

大巧用矿泉水擦脸，好红润些。

对着车镜，咧嘴装几个笑容。

罗律师在一旁看到，难过得作不得声。

飞机门打开，洪小姐扶着齐老走下。

大巧一见祖父精神闪烁，比早前进步，心头一宽，嘴角不由得朝上。

他俩身后还跟着两个助理。

齐老一手拉着孙女："大巧，说个笑话给我听，我好不牵记你的淘气。"洪小姐轻轻握住大巧的手，暗示她也什么都知道。

大巧想一想："洪小姐做了继祖母，以后叫什么？"

洪小姐大惊："哎呀，千万别叫洪婆。"

齐老忍不住笑："那叫洪祖。"

洪小姐花容失色。

大巧并无答案，她目的是要气氛轻松。

回到齐宅，打开门便是花束清香，嫣红姹紫，气氛全不一样，洪小姐脱掉外套便说："我去打点甜汤，炖几只梨子也好。"

齐老说："大巧，跟我来，有话说。"

大巧最畏惧一刻来临，她最怕说自己的事。

她坐下，看着发青双手，半晌说："祖父与洪小姐回来真好，可否多住几天。"

"郝浚呢，把他叫来，面对面说清楚。"

罗律师答："这整个星期他不复电话，今晨，电讯公司告知，号码已经取消。"

齐老气结："他想就此算数，避而不见？"

"齐老，揪他出来没有意思。"

"大巧做错何事？"他站起。

洪小姐连忙按住他。

大巧连忙说："祖父不必为我着急，年轻男女，分手失恋另结新欢均是十分普通之事。"

大巧越是懂事众人越是痛心。

"时间到了，我往医院看沐荷，或许，请她到这里休养。"

大巧借故出门。

罗律师陪大巧。

到达他们熟悉的病房，大巧推开门，看到病床上躺着一个年轻女子，正拥抱着男伴哭泣。

大巧与罗律师连忙退出关门。

她问看护："病人沐荷转了房间？"

看护比他们还讶异："沐女士昨晚坚持出院，说是往美国疗伤。"

“嗄。”大巧吃惊，“她无亲无故，你们如何允许出院？”

“沐女士是成年人，院方纵使为她设想，亦无法禁锢病人。况且，她那位朋友郝先生陪同她离去，他对她处处关怀。”

罗律师发呆。

大巧惘然不解：“郝浚把沐荷带走？”

“大巧，你真糊涂，我们上当了，是沐荷把郝浚带走。”

果然如此。

大巧垂头不语。

罗律师自柜台回来：“由郝浚付清医药费。”

大巧仍然无言。

他顿足：“我们到新居找人。”

大巧答：“我不想去，这件事已告一段落。”

“那公寓的屋主是你，怎可由别人占据。”

大巧声音低得不能低：“我不想再加追究。”

罗律师气愤：“郝浚欺人太甚。”

他拉着大巧，一定要往新居。

一进门，女佣看见他们，立刻指着投诉。

只见屋内乱成一片，垃圾成堆，厨房锌盆淤塞，浴厕肮脏，如被流浪汉入侵，墙壁地板，污渍处处。

郝浚丢下烂摊子，一走了之。

罗律师气得跳脚。

大巧悄悄走进卧室，看到床上抛满她的衣物，她的行李箧也扔在地上，几件大衣已被取走，沐荷来过这里，床头有她丢下的旧外套与手袋。

人去楼空。

罗律师说："大巧，对不起，我始料未及。以我老狐狸身份，都万万想不到两个与你一起长大的年轻人会如此出卖你。我们走吧，我会着人找清洁公司处理，这所公寓不吉利，宜速速出售。"

说完长叹一声。

大巧却这样说："郝浚喜欢灾难，哪里发生悲剧，他就往哪里，他怜爱受伤美女。"

"什么，你说什么？"

回到齐宅，老人一听报告，光火。

"这还像个人？我看错了他。"

洪小姐道："大巧在什么地方？"

"她往学校图书馆，说功课到期。"

齐老说："这时候还挂住作业。"

洪小姐却微笑："不然怎么样，哭得眼瞎，抑或跳楼？这正是大巧优点。"

齐老说："你去找她回来。"

不料这次洪透不听话，一口拒绝："我哪里都不去，我只陪着你，其余所有人所有事，都与我无关。"

齐老不由得点头。

罗律师说："让大巧散心也是好的。"

齐老这样说："我说不出地累。"

"齐老休息吧。"

那边，大巧坐图书馆半日，总算拟一个题目交上：为何十八世纪英小说作者偏爱乡间单纯爱情故事。

一川坐到她面前："他们说你在这里。"

他身上一阵肥皂香，而大巧，好久没淋浴更衣，口气重浊。

一川看看她的题目："可是要写数万字的呢？"

大巧也气馁："索性到互联网买一篇。"

"你会写得比他们高明。"

大巧把手放到一川肩膀上一会儿。

"到我家陪祖父吃饭。"

"是见家长吗，我正好穿着西服。"

大巧说："一起走。"

一川这时取出一沓厚文件："这是我找到的资料。"

"什么？"

"这一年来本市发生的致命车祸，一共五十四人丧生，好些司机醉酒驾驶，一车意外，撞柱、落河、断成两截，引擎飞入民居，大树连根拔起，都是不幸意外，大巧，你要放下包袱。"

"一川。"

"你看这些图片，每辆车都有苦主，他们都是人子、人父、兄弟、姐妹，一定有伤心欲绝的亲友，大巧，你不过是其中之一。"

大巧把脸埋在一川手掌之中。

他终于说："走，见家长。"

那辆红色小跑车好似已是齐宅熟客。

用人通报："今晚有客人。"

洪透出来张望，她目光何等精利，刹那间把鲁一川看个透明：这小男生高大清秀，必是个学生，皮肤牙齿健康，背脊笔挺，圆润双肩，亦系运动健将，衣饰整齐低调，全身没有寒碜之气，落落大方，一看就叫人欢喜，更重要的是，他没有郝浚那种孤傲冷峻，容易相处。

呵，这么快便找到替身，重头来过，这一代处理感情方式，与从前大不同。

一川见过齐老，大家玩一局大富翁，结果三输一赢，齐老面前假钞票堆得麦克麦克[1]，一川无须示意，也懂得怎么做。

吃了饭，齐老与一川说几句。

"原来令尊在政府工程处办事。""没有弟妹是个独生子。""未来十年有什么计划？""喜欢孩子否？"……都是家长标准问话。

---

[1] 洋泾滨用语，方言词，英语 much 的误读，指数量多。

众人没有不满意，但心里都觉得，论到出众，那还是郝浚。

退而求其次，是一种难得智慧，不是你的，便不是你的，苦缠无益。

稍后大巧送一川出门。

“老人家精神甚佳。”

“大不如前，此刻每做一件事，之前要休息，之后要小睡，难敌岁月。”

“明天我再来。”

大巧这时这样说：“若干女孩，恃着有男生献殷勤，有风驶尽帆，叫他管接管送，代做功课，又担又抬，稍后又变心另结新欢，结果被人斩成一截截丢垃圾箱。”

一川笑不可抑。

“别笑呵，这可是每天发生的真相。”

“我会爱你到底。”说出心中话，松下一口气。

“我这个人，无甚优点，既无谋生本领，又怕吃苦，一下子就见底。”

“你有一个极大优点。”

“那又是什么。”

“你不记仇。”

“嘿，蠢得连吃一次亏学一次乖都不懂。”

“回去吧，夜凉。”

大巧轻轻返回室内，听见齐老对洪透说：“一定要把那两个凉薄的年轻人找到为止。”

“大巧的意思是，忘记过去，努力将来。”

“她是个小女孩，我不为她出头，人人以为她好欺侮。”

“找到又如何？”

“痛骂一顿也是好的。”

洪透没想到，齐老火气还这么大，不禁失笑，过一会儿她说：“他们二人毕竟是大巧表兄妹，找到了，看有什么需要才真。”

洪小姐从头到尾诚心诚意忠心耿耿为齐老设想，真值得敬爱。

接着日子里，发生了几件事。

大巧那篇文学报告终于写好，十八世纪的乡间爱情故事里包括许多弗洛伊德情意结，她一一道破，若干段落略为强词夺理，但讲师认为颇多新意，给一个合理分数，齐大巧可考虑升读博士。

她的鲁同学成为齐宅常客，在他的毕业典礼上，大巧也见到鲁伯父伯母。

鲁太太对大巧讶异惊喜：“城市还有这样可爱女孩，素净文秀，一张脸只比一川一只手掌稍大，家境优渥，丝毫不觉骄矜……”尽是赞辞。

那样的女孩，竟无虚荣心，绝不会问夫家要七要八，以后家庭一定和睦，不，不，鲁家不贪财，鲁家只是怕儿子的女伴诸多需索。

一川这样说：“要找工作啰。”

他也准备好做大人，逐步承担责任，十分难得。

齐老回返别墅，继续退休生活，然而仍关心大巧。

“找到没有？”

罗律师答：“的确在美国东部。”

“东部生活费用高昂，郝浚有工作否？”

“现今世界只要有水电公路的地方，生活费都天高，郝浚仍在做研究工作。”

“年薪两万可是，这孩子什么毛病，他父母也是，子女到了二十一岁，通通似赶羊一样，放山上自生自灭，一家都自由散漫。”

罗律师赔笑：“这不是说我家吗，子女只在要钱时才给我地址。”

两老苦笑。

“两人可是在一起？”

“他俩并无同居，他时时探访照顾，沐荷现时尚未完全复原，她一边身体倾侧，却自动放弃治疗，明显有喝酒习惯，邻居说垃圾箱旁堆满酒瓶。”

齐老沉默一会儿：“只可在适当时刻才向大巧透露。”

他问洪透：“这郝浚到底有什么毛病？”

洪透答：“我不知道，我不关心，我庆幸自己摽梅早过，年事已高，再也不必测摸男子心意。”

齐老烦恼：“只想大巧速速嫁人。”

“那鲁同学是个好对象，你看他，每次站大巧身边，都用手臂护着她，手又不贴到她身上，永远含蓄地离一两英寸，像是怕有人碰到弱不禁风的她，处处维护，郝浚则老是揶揄她长不大，两个男生两颗心，想法不一样。”

“郝浚与沐荷打算怎样？”

“罗律师可去打探一下。”

齐老踌躇，也许，是到放手的时候了，他不可能看住大巧一辈子。

这边，齐大巧与罗律师每个月初都见面处理账单及其他文件。

她说：“这一年物价飞涨。”

罗律师微笑：“大巧你就不必管这些事了。”

“我被你们惯得无知愚昧，到最近我才知一川那辆红色小跑车是修复古董，叫恩佐法拉利，价值不低，原是他祖父的座驾。”

“这些事，不知也无损失。”

大巧觉得罗律师有点吞吐。

“罗老你有话要说？”

“你与鲁同学可有长远打算？”

“没有，我蹉跎他青春，我骗吃骗喝，我使唤他，利用他。”

罗律师气结，把一只信封交给大巧。

大巧以为是该月零用，顺手放进背囊。

一川接她到公园吃冰激凌。

馋嘴孩子站在他们身边艳羡，胖胖小手指搁嘴边。

一川对冰激凌档主说：“每人一筒，直到一百元用尽。”他放下一张钞票。

档主大喜，着幼童排队。

大巧说：“你看童年才是人生流金岁月。”

一川答：“我现在也很开心，能与你在一起更觉幸福。”

大巧忍不住拧一川双颊：“因为你蠢，因为你蠢。”哈哈大笑。

一川凝视她：“你心情好转。”

大巧低头。

“你还想念大郝？”

“你说呢。”

“你仍爱他？”

“是与否，我都不会老实对你说，人心总有秘密私隐，岂可全盘招供。”

一川气结而笑。

大巧说："陪我度假。"

"把日期告诉我，我安排一下。"

"为什么从不见你放长假？"

"因为我已正式在通用车厂设计部上班，大巧你不大关心生活细节。"

大巧抬起头："是，用人说我衬衣领子全磨穿，需添新货。"

她走到店里，各款白衬衫，三十八号，十件。

因为天天穿，皮夹克袖子都会磨穿。

大巧笑："怀念勇闯男更衣室岁月。"

一川怜惜抚摸她头发。

那天回到家，大巧在背囊里找支票，信封打开，一张白纸上写着两个人名，两个地址。

郝浚：麻省波士顿市西街三零四号六楼公寓乙座。

沐荷：同市西赛路一千四百号二楼。

罗律师交给她两个地址，其余什么都不说。

好久没人提起这两个人。

大巧明白了。

他们渐渐不再保护她，许多事，由齐大巧自身定夺。

忽然得到选择自由，大巧手足无措。

从前，才不过一年多两年之前，她如有主张，祖父一巴掌打压，古太太在一旁附和，罗律师则晓以大义，今日，就她一个人了。

——齐大巧你爱怎样就怎样，你看着办。

想了一个晚上，已觉老了十年，皱纹都凸现。

清晨她同一川说："我周末往美国东部一行。"

"可是找学校？"

"顺道参观。"

"周末是七号，我要到十号才能与你会合。"

"我打算十四号返转。"

"不妨，我们一起南下纽约，或北上看尼亚加拉大瀑布。"

"鲁同学你不怕辛苦？"

"赴汤蹈火，在所不辞。"

"鲁同学你蠢。"

长途飞机上大巧正打盹，发觉有人摸她脸颊，呵谁大胆非礼，“鲁同学救我——”她喊出来。

睁眼一看，却是一大眼幼童，两只胖胖小手自后排过来招呼，想与她玩耍。

大巧立刻换上笑脸，忽然想到，沐荷的孩子只比这个小一点，刹那间泪如泉涌，再也止不住，她先是饮泣，继而哀号。

那孩子不但不怕，反而像大人般哄撮她：“不哭不哭。”帮她拭泪。

服务员闻声赶来：“小姐，什么事？”忙把幼儿拉开。

他年轻的母亲没声价道歉。

太迟，大巧眼泪像决堤似的涌出，她瞪大双眼，想停都停不住，成年累月积聚的悲怨，忽而开闸，她苦得打嗝，呼吸短促。

服务员大惊，把大巧扶到一角，即时在乘客中找医生。

片刻一个年轻人走近，握住齐大巧双肩：“没事，没事，是否第一次乘飞机，可能有高空畏惧。”他拿一块毯子裹住大巧，叫女服务生拥抱她，一边敲打她背脊。

大巧羞愧，虽然说飞机舱是陌生环境，着陆后乘客各散东西，但始终是当众出丑，她把毯子罩头，忍声吞气，想叫自己停止哭泣。

可惜情绪不再服从，大巧灵魂出窍，看着肉身摊开四肢哀哀痛哭。

服务员给她喝水，不知过多久，大巧筋疲力尽，昏昏睡着，隐约听见年轻医生说："我现在才知道，'哭泣给我一条河'是什么意思。"

醒转之隙，又看到那幼儿亮晶晶双眼自椅垫缝好奇张望，他问大巧："不痛了，不哭了？"

他母亲"嘘"一声把他拉开。

飞机抵埗，大巧头肿脸浮，眼睛都睁不开那样去租车，女职员看她，同情地说："失恋？这样吧，租车七折。"

她身后的旅客全笑出声。

一走进酒店房间，一川的电话就到。

"鲁同学——"她哽咽。

"你还好吧，我过两天与你会合。"

"别担心，"大巧叹气，"我已是老江湖。"

一川依依不舍挂上电话。

大巧更衣沐浴，套上羽绒大衣，决定先往西赛路。

那是一条西裔移民聚居街道，街角有杂物店，小孩在街上追逐听音乐聊天，长辈在窗前一叫，他们会回去吃饭，墙壁上有涂鸦，门口铁闸锁着脚踏车……当然不算高级住宅区。

照号码按铃，有人高声问："找谁？"

一个中年女子，花布巾扎头，穿围裙，正在操作，一见是亚裔面孔："你是荷花什么人？"

大巧连忙回答："我是荷花表妹，我叫梅花。"

"你到现在才来？我是柯拉，公寓管理员。"

她开门放大巧进去。

旧房子梯间狭小，但有一块拼花玻璃迎着阳光反射七色彩虹，给大巧一丝希望。

大巧正想敲门，柯拉拉住她："她刚睡着，我有话说，荷花欠三个月租，还有，我帮她清洁地方，她也不付酬劳——"

大巧拍拍楼梯，叫柯拉坐在她身边。接着，她掏出三寸厚一沓美钞，像扇子似散开，唰唰唰数一下，小小一沓，递给柯拉。"三个月，"她说，又唰唰唰数一沓，"另预支三个月，给我收据。”再数，“薪水，还有，这是替她买日用品与牛奶面包，好好照顾她。”

柯拉点头：“明白。”

大巧站起，心中叹气，不是夸口，真的已是老江湖。

柯拉用锁匙替大巧开门。

室内昏暗，大巧揉揉眼，小小一个通间，沙发即是睡床。

一个女子半卧，一只手撑着头，声音混浊：“谁？”

大巧看不清楚，像做着一个糊涂的梦，又似大近视丢失千度眼镜，模糊一片，她心急，走近。

双眼渐习惯光线，大巧看清楚那女子轮廓，是沐荷吗，不像，胖许多，裸肩白肉搭在沙发上，脸圆圆有双下巴。她眯着双眼：“谁？”她也没把大巧认出。

这时柯拉进来，咳嗽一声：“荷花你表妹探访。”把收据交大巧，她进浴室收拾。

这时大巧已闻到强烈酒气及阿摩尼亚臭味。

她走近：“沐荷，是我，大巧。”

不错仍然有三分是沐荷，她伸出左臂，上边斑斑驳驳，全是烧伤重生怪兽般扭结肌肤，五指运作困难："你，是你来了。"

柯拉洗完卫生间，喷空气清新剂，打开窗户："有事叫我。"她斟一杯咖啡给人客，掩上门。

静默一会儿，沐荷拢一拢头发，坐直些："你终于找了来，唉，有人避开你，就是不想见你，你也不是不识趣的人，为何苦苦追寻逼人。啊，我知道了，你找的是大郝，不是我。"

大巧把沐荷扶直，接近她身躯，那么多奇怪的气味，又添多一类。大巧怔住，她熟悉这种淡淡烟草似涩味，是因为已故父母生活糜烂，时时服用。这种强烈鸦片类止痛剂叫羟考酮，极速上瘾，加上酒精，叫病患者意识模糊。

"沐荷，这一切，都可以医治，你要先往戒药所，把酒精药物戒除，再治好皮肤肌肉，做一个新人。"

沐荷只答一字："啊。"

"沐荷，振作起来。"

没想到沐荷这样问："之后，朱子会回来否，我儿会否复生。”

大巧勇敢作答：“不会，即使那样，你也不应自暴自弃，许多孤儿寡妇都好好活着。”

沐荷取过一只二号酒瓶喝两口：“太艰难了，三颗心活活被挖出胸膛，还要继续活下去，哈哈哈。”

“如果你不愿活，也不必这样现世骇人，拖累关心你的人伤心失望。”

“讲来讲去，你是不舍得大郝，我没叫他照顾我，我天天叫他走得越远越好，是他要与我结婚。”

大巧大惊失声脱口而出：“什么？”

“你放心，大巧，没人敢把他自你身边夺去，他渐渐发觉，我是一堆烂肉，终有一日，醉死在这间陋室，你放心……”声音渐渐低沉。

终于，沐荷双臂无力摊直，昏睡过去，进入无痛世界，空酒瓶当一声掉地下，这时大巧才发觉沙发底数十只空酒瓶，大巧一只只取出丢进垃圾袋。

她听到门匙响，一个人走进来，她抬头。

那是郝浚。

他又瘦又黑，一腮胡髭，线衫外罩一件破大衣，褴褛不堪，大巧惊骇悲哀，张大嘴，动弹不得。

郝浚看到大巧，也呆在当地，手中食物袋落地上，大巧听见鸡蛋碎裂声音，连忙捡拾。

“大巧，你找了来。”

大巧再也忍不住，抢上前紧紧箍住大郝腰身：“郝哥，你错待我。”

“大巧，我辜负你。”

“郝哥，无论你娶什么人，先把沐荷治愈。”

“我已想尽办法，她不愿自麻醉剂里走出，她说浑身痛似千刀万剐。”

“烧伤尚未痊愈，医生懂得处理。”

大郝坐下吁气：“那样大劫，甚难走出。”

“你呢，你好吗？”

“我仍在实验室，艾历信与史蓝诺都很帮忙，生活不成问题。”

“大郝，趁沐荷昏睡，不如叫部白车把她送进医院诊治。”

郝浚轻轻答："我试过两次，她一醒转借故就逃，一次大雨在街上找到，半个身子泡在污水里，一边有流浪汉剥她衣裳。"

大巧吓得不敢出声。

"大巧，你比从前果断。"

"至少替她搬个干净地方。"

"也试过，半个月就又臭又脏，大巧，我这才发觉人类是全世界最污秽动物。"

大巧苦笑，轻轻像从前那样抚摸他脸颊头发。

少年的她，是多么地快乐，可惜再也回不去。

"不能让沐荷失救。"

"我打算与她结婚，名正言顺逼她住院戒药。"

大巧把大郝拉到门口楼梯间坐下，在那扇染色玻璃窗照耀下，开门见山，再也没有一丝顾忌，看到郝浚的眼睛里去："为什么你要为沐荷付出那么多？"

郝浚低头，咬紧牙关。

"我知你俩亦是八竿子的表兄妹，我知你爱护她，你对朱诸内疚，但为这场悲剧付出这么多，其中一定另有原委。”

大巧从未见过郝浚那么痛苦，他双目通红，握紧拳头，捶向墙壁。

“郝哥，你已决定与她结婚，走到这一步，我与你的关系已告结束，有话不妨直说。”

“你何必知道。”

“郝哥你欠我一个说法。”

郝浚双手捧着头挣扎。

大巧不忍心，正想放弃，他却忽然抬起头。

大郝声音变得异常平静，仿佛讲别人家的事：“大巧，那天，我也在车里。”

什么？

大巧张大嘴，电光石火之间，恍然大悟，找到最后一块拼图，她看到整幅图画，解开疑团，手心全是冷汗。

“那时，我坐克拉克身边那个座位，他大叫大笑，计划往男士会所胡闹。我心为婚礼兴奋，我俩什么都没有看到，忽然轰一声撞上不知什么，把我弹出车厢，飞撞到斜坡摔下，我即时头晕失聪站不起来，一阵焦烟味，热气炙人，转头一看，一团团火焰朝天升起，已有人奔近企图救人，而我，只呆呆坐在一边，手脚不听使唤，我不但没有上前，反而步步后退，我已见不到克拉克，我亦不知迎头车属于何人，直到史蓝诺他们奔下山路把我扶住。”

大巧发呆，她心中纵有一千个假设，也猜不到郝浚当时身在现场。

“在要紧救命关头，我竟未想到救人，我呆若木鸡，沐荷由不相干途人冒死抱出，我从未猜到我会是那样一个懦夫。”

“郝哥，你受惊过度。”

他声音渐低：“我还有什么面目见人。”

大巧把他抱在怀里：“你可有受伤？”

“我左耳膜震破，左膝由钛金属修补。”

“我太粗心，我未有注意，沐荷可知此事？”

“我没有提起。”

“让这件事永远沉睡。”

“大巧，以你天真性格，你会说此事与我无尤。”

“事实如此。”

“我是唯一可以照顾沐荷的人。”

说罢，他站起：“实验室还有工作，我需回转。”

“郝哥。”大巧叫住他。

郝浚只说：“我是一个罪人，我不配你。”

他再拥抱她一会儿，骑上小机车离去。

大巧四肢使不出力，只得在门口多坐一会儿。

她看到五六岁女孩与男孩追逐玩枪战，“嘭”，那男孩持玩具手枪，“嘭嘭”，女孩应声而倒，仆在地下动也不动。那就是齐大巧，有人射杀了齐大巧。

最后，她蹒跚走回室内。

沐荷的声音问：“朱子，是你吗？”

大巧笨拙回答：“不是朱诸，他已去了一个比较好的地方，来日会与你相见。但是你看你，你这副样子如何去见朱子，他那么爱你，看到你自暴自弃，岂不伤心。”

沐荷吃惊，伸手摸双颊。

“还有大郝，他愿意照顾你一世，你岂可辜负他。”

沐荷一拐一拐走到浴室镜前照看。

大巧站在她背后：“沐荷，苏醒，悲伤有期，哀悼亦有期，是醒转的时候了，我特来把大郝交给你，但是，能够帮你的人，不过是你自己。”

沐荷颤抖的手摸着大巧面孔，接触得到的实物才是真的，终于，她沮丧说：“我竟变得这样难看。”

“我帮你沐浴。”

“你会吗大巧，你会吗？”

大巧扶她进浴室，小小卫生间只有莲蓬头没有浴缸，沐荷亦无干净替换衣裳。

大巧找柯拉帮忙，她给了一套旧卫生衣及毛巾肥皂。

大巧要付酬劳，柯拉说：“你仗义，我也出力。”不再收钱。

大巧用药水肥皂替沐荷洗擦，结痂之处触手如橡皮。她对沐荷说：“不碍，斯坦福大学医院研制成功太阳能供电人造皮肤，仿真度高触觉更强，已经正式应用。”

皮肤上的污垢一块块落下。

大巧又帮沐荷洗头。

“让大郝带你去戒酒。”

沐荷垂头不语。

“你是担心我？我早已有男朋友。”

沐荷半疑半信。

这时大巧裤袋电话响起，“看，”她说，“追上来了。”

果然是一川。

“齐大巧，你在何处？我在你酒店大堂苦候。”

“鲁同学，你怎么赶了来。”

“一日不见，如隔三秋。”

“我在沐荷家，你可来接我，地址是——”

“你找到沐荷，那么，大郝呢。”

“见面再说。”

大巧抬头，同沐荷这样炫耀：“听见没有，追着不放呢。”

沐荷轻轻说：“什么都拥有的齐大巧，我大哥说，你看大巧是幸运星，什么都有，你呢阿荷，亦是标致少女，年龄相仿，却跟在人家身后似丫鬟。”大巧本在替沐荷擦身，一听到此言，住手，冷冷说：“说这话的人其心可诛，该掌嘴。”

她扶沐荷到沙发，发觉柯拉已把有气味的毛巾被换过，她对沐荷说："我什么都有？我父母呢？"

沐荷不出声，是，势利世人把大巧说得太幸福。

"事不宜迟，我帮你联络医生。"

有人敲门。

门外是一川，他一见大巧，立刻拥抱一下，吻她额角。

沐荷看到，轻轻地说："要什么有什么的齐大巧。"

室内虽然尽量清洁过，仍有馊味，但一川合作强忍。

他蹲下问候："你是沐荷表姐？我叫鲁一川。"

这女子，从前，未摔跤之前，想必也秀丽一如大巧。

她口齿不清："你是大巧男朋友？"

大巧电话又响，她走一旁听，原来是救命菩萨罗律师，他声音承托起大巧音旨，大巧泪盈于睫，呜咽说："听到你声音才安心。"

"他俩情况如何？"

"都还活着。"

"那就好，我立刻叫相熟医生出诊。"

"沐荷她——"

"大巧，我见过许多例子，不少人，必定要去到最低，才会反弹振作。”

“呵，呵。”

“交给医生，齐老已说过会鼎力帮忙，你与一川速速回转。”

罗律师在电话中都可听到负能量，叫人沮丧。

那边一川叫大巧：“她睡着了。”

就那样，沐荷在现实与虚幻世界里进进出出。

一川轻轻说：“到门口外透气。”

大巧点头：“气味从何而来。”

“卫生情况一差，细菌繁殖生长，在秽物中吸取营养，它们的排泄物有臭味。”

大巧掩嘴。

“怕脏不能读生物，我有一组同学专门研究屎甲虫，整日在农场与牛粪做伴。”

“鲁同学。”

一川这样说：“沐荷表姐的情况比想象中差。”

大巧深深吸口气，终于把郝浚决定与沐荷结婚一事说出。

一川凝视大巧，她语气平和，虽有遗憾惆怅，但未致失态。

一川略为放心，可怜的大巧。

他握紧她手："You got me（你明白我的意思）。"

大巧这样答："我知道。"

她把头靠在一川圆润强壮的肩膀上。

露水的世

柒·

她轻轻说：『生命为什么这样吃苦？』
大巧在咖啡里添三颗糖，
这样回答：『因人心贪婪。』

医生的车子到了。

一个高大英俊的年轻人下车招呼，递上名片：“我接到罗律师委托前来。”

他看清楚齐大巧怔住，神情转得温柔，冲口而出：“你，你是那个哭泣女。”

大巧定睛，呵，他是那个在飞机舱救她气喘的医生，不禁腼腆，也太巧合。

“病人在哪里？”

大巧连忙看名片，他叫易群，年纪虽轻，已是一间戒药中心主持。

大巧带他进去，易医生眉头一皱，老实不客气地戴上口罩手套，才替沐荷检查。

“她需立刻入院，背上有腐烂褥疮，体内积贮大量酒精，肝脏受损，估计尚服食麻醉剂。”

大巧说：“让我通知她表兄。”

谁知那易医生忽然亲昵地问大巧：“你没事吧。”他探近：“你眼泪流止了？”

更始料未及的是鲁一川反应，他竟按捺不住光火出手，大力一掌推开易医生。

易医生被推退后，本能反抗：“喂！”

大巧连忙拉着一川：“大家是熟人。”

一川不忿补一句：“谁同你熟。”

沐荷最舒服，似休克般昏睡，毫无知觉。

大巧一手按着一川，另一手握电话与郝浚说清楚。

“哪一家诊所？”

“量子戒药所。”

“我收工马上到。”

门外停着救护车，沐荷就这样被抬上车厢。

一川拉住大巧的手：“你与我同车。”

坐好，大巧揶揄：“鲁同学，一向你最可取之处是落落大方。”

“那是什么人，甫见面头越靠越近，图接吻的样子，随随便便，举止失常，面目可憎，且有过犯。”

大巧却说：“沐荷有自医院逃走记录。”担心不已。

说到别人，一川又恢复常态，合情合理回答：“她是成年人，她有自主权，我们帮不到一世，也看守不住一世。说来悲凉，一个人，靠的不外是她自己。”

大巧叹息。

她眼神中落寞，看得一川心疼。

“仍然爱他？”

大巧低声答：“我不会回答。”

抵达疗养所，才发觉设施与度假营相仿，两名护理侍候一个病人，这种戒药所，费用惊人，闲人进不来。

想必都是染上恶习的富家子弟，才能获得妥善重生的机会。

所谓病房，与宿舍气氛相若，不似坐牢。

沐荷醒转，双手颤抖，认得大巧，但不记得发生过什么事。她这样说：“巧，叫古太太不必查问，那两只八哥，是我放生。”

大巧轻轻坐到她身边：“何故？”

“我不喜欢它们，学嘴学舌，聒噪不停。”

是有这么一件事：旧时齐宅有一对八哥鸟，能言善语，讨人欢喜，一日忽然不见，大人都怀疑是大巧淘气，原来由沐荷放走。

这时沐荷忽然笑问：“这里是什么地方。”

“郝浚快来看你。”

“朱诸呢？我们快结婚了。”

沐荷记忆横跨时空，一如意识流。

看护帮忙注射。

沐荷又说：“巧，给我带一瓶齐老爷喝的那种落喉像丝绒般的不知年白兰地。”

这时郝浚到了。

鲁一川抬头看到他，又一次在心中说：天下竟有这么好看男子，如此不修边幅，还似玉树临风。

他问大巧：“是否自愿？”

“有点回心转意。”

“我不能负担此处费用。”

大巧这样答：“她也叫齐老祖父。”

“感激齐老相助。”

大巧低头：“我们就要回家。”

“我祝你与鲁同学幸福。”

大巧亦不分辩，只点点头。

这时易医生进来替沐荷抽各种样板化验。

三个高大英轩年轻男子围着大巧，看护进来看到，不胜羡慕。

——“那女子是谁？”

“自然是不必挨更抵夜有身家的矜贵女。”

易医生轻轻对大巧说：“有一个人想见你。”

大巧扬起一角眉毛。

“我已通知他，马上就到。”

一旁鲁同学双臂抱胸前，瞪着医生。

郝浚问：“可是需要长期疗养？”

“每个患者情况不同。”

大巧也问:“我在她身旁,可有效用?”

“同一杯热牛乳差不多。”

医生这样坦白,众人恻然。

这时,有人拉大巧衣角:“你好,哭泣姐姐。”

大巧一怔,涨红面孔,一看,是飞机上那个哄撮她的小男孩。

“你,你才多大,又会说话又有记忆,好一个聪明孩子,你怎会在这里?”

“舅舅说你在这里,我一直牵记你。”

嘿,原来是一家人。

鲁同学看在眼里,更加不忿,又不好与小儿作对。

郝浚忽然笑:“你认识大巧多久?”

一川赌气:“一百年。”

“我认识她倒有二十三年。”

这时那小儿趋向前,胖胖双手抚摸大巧双颊,羡煞旁男。

“你喜欢她什么?”

一川苦恼:“一切都喜欢。”

不久小儿还与大巧交换电邮号码，这才被母亲领走。

大巧临走再去看沐荷。

她站窗前，听见声响转头：“咦，大巧，是你，你找了来，真讨厌，避不开你。”

大巧过去握住她的手。

沐荷这样说：“我已清晰知道，朱子父子永远不会回来。”

大巧捏一下她的手。

“而我总得活下去。”

又捏一下。

“我若继续疯疯癫癫，挑战你们耐力，将遭遇唾弃。”

大巧“唉”一声。

“我曾听说，一个年轻寡妇，穿黑衣近年，她上司这样说‘见客穿鲜艳些’，这就是残酷的生活。”

大巧不出声。

这一刻，沐荷比任何人都清醒。

“你说，大巧，郝浚会伴我多久。”

大巧坦诚答：“那么真诚关怀的伴侣，一天是一天，一年是一年。”

“你说得对，巧，你是我的明灯。”

大郝喜欢照顾遇劫弱女，他与大巧最亲密时刻，是大巧失去父母那一段悲惨日子。

沐荷轻轻问：“之后呢。”

“那你就不要想太多了，先把身体肌肤及内患治妥再讲。”

“你回去吧，我想静一静。”

大巧拎起放在房间一角的背囊，由鲁同学陪着离开疗养院回家。

两个人累得东倒西歪：“多么长的一天。”

他们背靠背坐着，一川不住搔痒。

大巧忍不住说：“我帮你擦背。”

一川喜出望外，立刻听话脱去上衣腹卧。

大巧用毛巾裹双手，蘸上橄榄油，一下一下擦一川宽厚肩背，一川喃喃说：“快活似神仙，中间，对，腰之上——”

“鲁同学你妈给你吃什么长一身横肉，我怀疑你出生已是巨婴，起码十磅。”

终于揉毕，她索性伏在他背脊休息。

一川一动也不动。

大巧调笑："还可以揉肚皮。"

他喃喃说："留待婚后才做。"

但是他俩没有结婚，那也确是难得缘分。齐大巧与鲁同学，却欠一点机缘。

第二天大巧宴请大郝好友史蓝诺、艾历信等人，大家感慨万千，又不想旧事重提，只好寄情吃喝：十四安士腰眼肉并龙虾，啤酒一打打上，酒醉饭饱。

大巧回忆那一个傍晚，祖父七十寿宴，她初会这票可爱的古生物学家，比今晚还要高兴。啊，那好似已是一百年前古事了，大巧心酸。

时候差不多，她走到柜台付账，解下背囊，搜遍不见那厚厚一卷用橡筋捆着的美钞。

大巧侧头一想，心中有数。

这时一川走近："什么事？"

"现钞失踪。"

一川着急："护照与飞机票呢？"

"放在腰包里。"

一川松口气："现款就算了，你这糊涂虫。"

大巧忍不住又伸手拧他双颊："你才蠢，你蠢。"

一川忍痛快活地代她付账。

那边史蓝诺看到说："大郝，我们一直以为你与齐小姐是一对。"

大郝不出声。

"在这种时刻特别想念克拉克与朱子。"

艾历信说："齐小姐另结新欢，大郝你走宝，如此慷慨女孩世上少有。"

"别惹大郝，他眼都红了。"

齐大巧这时与鲁同学一起回转。

大家拥抱道别。

"齐大巧，有空再请我们大吃大喝。"

大巧问："下一站何处，又一个最折磨人精神体力的荒原可是？呵，你们天生贱骨头。"

大郝嗯一声。

大巧笑："可是奚落我夏虫不可语冰。"

艾历信说："齐大巧预祝你与鲁同学共偕白首。"

但是，他俩并没有结婚。

大郝上前，把大巧紧紧抱怀中。当着一川说：“大巧我永远爱你。”

大巧答：“我也是郝哥。”

郝浚把大巧还给一川。

他俩第二天一早就乘飞机返家。

一到本家，大巧大小姐排场顿现，司机与用人来接，罗律师不放心，稍后上齐家会合。

他问：“依你观察沐荷这次会有救吗？”

“她会振作。”

“有何根据。”

大巧轻轻答：“她取走我背囊里七八千美元，如果不是打算活着，要钱何用。”

“为什么不问你要？”

“开口毕竟不易。”

罗律师不悦：“我最不忿她把大郝偷走。”

“误会，郝哥自动开步走到她身边，所有离开原先伴侣的男女，均属自愿，并无任何苦衷。”

“大巧你说话像古太太。”

“我双眼长出瞳仁，今日已能看得一清二楚。”

“你这个孩子，你甘心？”

“我不服，气恼，妒恨，要与他们两人共归于尽。罗律师，以你在法律界的权势与齐老的物力，说，怎样治得他们万劫不得超生，说。”

罗律师叹气：“你且休息。”

怎么报仇，无仇可报。

稍后大巧独自在书房签署文件。

一川站在书房门口，知趣不进，远远看到纤弱少女坐庞大桃木书桌前，脸上带沉凝之色，她已成长。

一川轻轻问：“你可要我等你？”

大巧抬头：“听不清楚，请走近说话。”

一川忽然坚持立场：“你已听见。”

大巧把文件收入抽屉，离远看着一川，他一直心焦。

大巧问：“等什么？”

“结婚。”

“为何必须结婚？”

“因为我蠢。”

这次大巧并没有过去没头没脑敲打他搓揉他，同时嘴里大喊鲁同学你蠢你蠢。

他俩一个在门口，一个在室内，对视良久，像幼儿比赛谁先眨眼谁输。

终于用人捧咖啡进来，又出去。

大巧这才说：“不，不用等。”

她不爱鲁同学，要什么有什么的齐大巧，找伴侣并无附带条件，她必须爱他。

无谓误己误人。

一川吁出一口气：“我明白了。”真蠢，若不提问，还可以拖一段日子，还可以享受揉背之乐，他就是蠢。

他轻轻转身离去，所有寻找答案的均是蠢人。

用人叫他：“鲁先生，吃了饭才走。”

他好似没听见，大个子第一次遭女生拒绝，脚步不稳，呵，原来心碎是这般滋味，嘴腔又干又涩，鼻子发酸，双眼看出去，日光昏暗。

红色古董小跑车叫恩佐费拉利，这样地来，这样地去。

不，他俩没有结婚。

齐大巧也没闲着。

她忙着升学，连齐老都诧异："大巧怎么仍在学校里？"洪透答："看样子不打算离开，她已担任讲师助手，正式领取薪酬。""嗄，大巧会赚钱？""她说刚够付停车费用，修完博士学位，顺理成章担任学校教职。""才不久之前，我一只手掌可以把她托起，我午睡，她躺我胸前……"

每隔一段日子，大巧北上探访。

叫她欢欣的是齐老退休之后精神与心情都好，老人并不牵记过往威风，每个下午往湖边垂钓，洪透坐帆布椅在一旁陪他，她备携各式各样防蚊器，一贯体贴。

洪透又朗诵报上社论，齐老意见多多："这段写得啰唆，读别的。噫，人云亦云，还有别的无？"不耐烦了，出外吃茶。

一日下午，齐宅新上任厨子示范甜品，各种中西美味糕点摆满一桌，大巧忙着品尝。

不知恁地，一碗其貌不扬的手摇香草冰激凌叫大巧着迷，索性捧起碗盏独享。

齐老说："喂喂喂。"

洪透连忙说："大巧多瘦，多吃点。"

大巧吃得两颊鼓鼓如仓鼠，惹齐老大笑。

"这苹果馅饼香甜不腻，巧克力苏芙哩落嘴即融。师傅，你可以开甜品店。"

大巧乱吃也总不胖。

齐老忽然想起说："沐荷治好病在波士顿开了家小小杯糕店。"

"什么？"大巧瞪大眼。

"价廉物美，生意不错，收支平衡。"

"祖父你怎么知道？"

"我有份投资当然有资料。"

"嘿，只瞒我一人。"她学着他们口气，"'这，大巧，你就不用管'。"

"罗律师得知沐荷彻底戒除药物才把好消息告诉我们。"

"全戒了？"

"但肝脏已受伤害，需要继续调养，啊，大巧，莫辜负如此精密人体，真需妥善保养。"

"这是什么？"

“枣泥裹饼，齐小姐。”

“哗。”又整碟包销。

甜品师傅笑得合不拢嘴。

大巧忽然问：“结婚没有？”

“谁？”齐老抬头。

“郝哥与沐荷结婚没有？”

齐老答：“与投资者无关事宜，我不会知道。”

“对不起，我不该问及。”

稍后，她找罗律师，在他办公室蹭磨。

罗律师看着她：“大巧，你有话要讲？你耽在一角已有半小时。”

大巧讪讪说：“我想要沐荷杯糕店地址。”

“我以为你们一直有联络。”

大巧摊摊手。

“这里，店近大学区，生意不错。她每早清晨五时到店打理，力不到不为财。”

“结婚没有？”

“她并无提及，我只与她账务来往。”

“啊。”他们都不是管闲账的人。

“大巧，学校假期多，你不如探访。”

“我怕尴尬。”

“皮薄如何处世，这年头，谁没有一两个前男友？谁没有结过一两次婚，越拖越僵，连最亲近的表姐都丢掉。”

大巧骇笑：“罗律师的道德观念恁地宽松。”

“去，去看她，尝她做杯糕。”

大巧缓缓问：“车祸发生至今多久了？”

“三年？两年？”

“罗律师，整整四年。”

“啊！时间飞逝。”

“但至今，不是做梦，大白天，耳畔有时还似听到朱诸哈哈爽朗笑声。”

罗律师恻然。

还有朱小小，应有五岁，哭起来，想必更响亮，五湖四海，声震美亚欧……

大巧都不敢想。

她的面皮算是什么，她只是怕乘长途飞机。

看到那爿店，大巧吓一跳，店面比她想象中大一倍，装修考究。店堂有六七张座位，兼售咖啡与茶，顾客看得出多数是衣冠不整，脸容惺忪的大学生。

这样排场，不用生意人，也知道一天卖一千块蛋糕也赚不到利铟。

不过，既是齐老投资，也就不用担心。

大巧隔着玻璃看一会儿，呵，店面只得一个男侍应，柜台由沐荷本人负责，背后厨房偶然有伙计出来收拾。

那男侍应见大巧站店外长久，忽然推门出来招呼："这位小姐请进，我帮你找座位，你是什么系？我在戏剧系。"

大巧点点头走进。

沐荷瘦许多，这年头，瘦代表健康，她回复三分旧时模样。那三分，已胜过百分之九十女生。她正忙着与一个顾客说："不，亲爱的先生，你付我十元，不是二十元，我清楚记得，这是你的钞票，左下角画有一个星，是不是。"十分清醒，戒药成功。

她左臂运作尚有些不便，穿着长袖衫，不见疤痕，累累伤痕，看不见也就算了。

沐荷的头发剪得很短，不约而同，大巧也修齐耳短发，两姐妹一定更加相像。

大巧踏前一步。

沐荷抬头，睁大双眼，恍如隔世，隔一会儿老实不客气地冲口而出：“又是你。”

大巧气结，再也不退让：“可不就是我。”

沐荷因伤，说话不流利，有点大舌头，仿佛故作娇嗲，她自柜台后走出，左腿略见僵硬。

这时上课时间已届，学子纷纷散去，腾出空桌。

“请坐，试试我们的蛋糕。”

伙计给她们咖啡与点心。

大巧一看那杯糕，特小特圆，像一口酥：“奸商，恨不得赚钱。”

咖啡杯子，只有人家一半容量。

“店名为何不叫荷花叫齐家。”

“因由齐老投资。”

大巧看着她：“你好吗，沐荷。”

“我没有一天不想起你，大巧。”

勇敢的人总会自己站起。

“沐荷，郝哥可好？”

沐荷一怔，张大嘴：“郝浚不是与你在一起？”

“什么，你与大郝没有结婚？”

沐荷瞪着大巧：“我不需要他可怜我，况且，我根本不喜欢他阴沉不露的性格，只有你才会费心思去猜测他内心想些什么。”

大巧意外，不禁站起。

“出院后我很坦白朝他交代，看样子他也如释重负，我以为他已回到你身边，你俩才是天造地设一对。”

他们没有结婚。

“大巧，只有你才会挖空心思惹他笑，只有你才懂他，我只喜欢时刻嘻哈的朱子。”

大巧又坐下，却叫咖啡烫了嘴。

“你上次看到郝浚笑是什么时候？现在我的朋友是这班学生，天天陪我说笑。”

“你的伤势——”

沐荷轻轻掀高衣袖给大巧看，她烧伤处已无扭曲纠结疤痕，植皮之处，清晰可见平整小小一格格方块，像稻田，大巧伸出手指轻轻抚摸。

沐荷再让她看大腿，轻轻说："本可修整得更自然，但手术后非常炙疼，继而又痒不可当，我才叫停。"

"是人造皮吗？"

"不，水牛皮。"

大巧连忙低头："对不起。"

"是他人捐赠皮肤，去掉基因，种入个人因子，培养生长后再补上。"

"科学真是出神入化。"

"需付出高昂代价，据说相等一幢小小独立屋市值，气管喉咙声带受热气炙伤，此刻口齿不清。"

"爱你的人不多不少照样爱你。"

沐荷叹气："齐老亲自来医院看我那日，我便知要振作。"

"他老人家来过？"

"洪小姐陪着他，他一句话也没说，握着我的手微微笑，洪小姐读一则禅的小故事给我听。"

什么故事？

“故事叫谁之罪过：船夫载客泊岸，使虾蟹遭殃，这是船夫的罪过，抑或是乘客的罪过？有人一定要追究，非弄明白不可，禅师指着那人：‘是你的过错！’要在没错中找错的人，自寻烦恼，本身就是错。”

“哎呀。”

“大巧，我愧不敢言。”

“沐荷，你做得很好。”

两人声音渐低。

“噫，大巧，”沐荷想起，“你身边那个鲁同学呢？”

“不就是个同学。”大巧微笑。

“你心仍在郝浚处。”

“正如你说，与郝浚在一起，苦一辈子。”

“若觉得苦，那你不是他的伴侣。”

“这话也非常地有禅意。”

“大巧，这还给你。”

她把一卷美钞放桌上。

佯装不知，也不好算是姐妹，大巧轻轻地说：“你用不着。”

“接着齐老就来看我，不幸中大幸。”

“几时去探访，他家有个一级甜品厨师，你们可以切磋。”

“大郝仍在研究所，有时他会来喝咖啡。”

大巧不语。

“你可以去看他。”

大巧答：“我已经受够探访之苦。”

这时忽然听到响亮童音叫人：“荷花，荷花。”

沐荷说：“我的熟客来了。”

她走近招呼。

大巧转过身子看着来客，那六七岁小童脸容秀美一如女孩，只不过两道浓眉倍添英气。

忽然他觉得有目光注视，也转过头，凝视半晌：“哭泣姐姐！”

是他，是那个小孩。

大巧蓦然遇到故人，上前一把抱住。这时，他的舅父也踏进店来：“齐小姐，好久不见。”无限惊喜。

“易医生，你好。”

沐荷说：“真巧，老朋友又见面了。”

她把蛋糕盒子递给易医生。

大巧微笑："你们倒是时时相聚，多大缘分。"

沐荷说："易医生时时提起你。"

易医生忽然脸红，大巧看到相当感动，今日还会有男子耳赤，真是难能可贵的可爱。

高大英轩的易医生尴尬地结巴。

那男童伸手揉大巧的脸，他舅舅轻声说："不可，你已长大。"

大巧连忙接上："长大后，待女生搓你头面。"

"为什么？"

"因为你没有化妆。"

"抱我，哭泣姐姐。"

大巧试着抬他，只抬起一尺，力不足，又放下。

大家嘻嘻地笑。

大巧说："沐荷，你还要做下午茶，我先告辞。"

小儿父母在外边等他。

大巧上前招呼，看到年轻父亲胸前背包里裹一穿粉红幼婴，只一点点大，像只蛹。大巧惊喜，哎呀，自身还是毛头的小儿已做了哥哥。

他这样介绍："我妹妹，七个月大，会笑，会看人，很少哭泣，十分可爱。"

他拨开帽子让大巧看清婴儿脸容，那小苹果似面孔叫大巧融化。出于本性，她恨不得抱过来依偎，卜卜亲吻，但这是人家的宝贝呵，她又与他们不熟。

人人可看到她艳羡眼神。

"齐小姐，有空来坐，易群时时说起你。"

易医生又一次脸红转过头去。

他们一家人离去，易群跟在大巧身后，没有道别的意思："你要去什么地方？"

"市政府图书馆，那里收着史坦培克初稿。"

"史氏构思与文笔不怎样，有欠文采，他以热诚搭够。"

"但他批评'寇路埃哪里是写作，他在打字'，哈哈哈。"

易群看着她："图书馆内不好说话。"

大巧问："你想说什么？"

易医生讪讪："你那个十分妒忌，伸手推我的男友，已成过去了吗？"

“我不喜欢人家讲他坏话。”

“他差点动手殴打我。”

“他不是那样的人。”

“听你那样讲，所有过去式都应高兴放心。”

大巧瞪着他，这人，还没上任，已经多话。

“据我估计，你并非为他流泪——”

“易医生，我还有事，你可以走了。”

“齐大巧，请接受我。”

“我与你天南地北，我居亚洲，你在美洲，不是一个好选择。”

“这些细节容易解决。”

“经验告诉我，生活细节是最最恼人之事。”

“由我负责，你给我机会就是，细节你就不必理会了。”

大巧一听这句话微笑：“是吗，水龙头坏了你会更换？”

“我愿意到家居维修班学习。”

“我不是一个容易相处的人。”

“那也要相处过才会明白。”

大巧看着他：“这可能是你一生里最苦恼的差事。”

明人面前不打暗语，先打开天窗，说亮话。

“给我一年时间，如没结果，知难而退。”

大巧却不舍得：“一年很快过去……”

“可以续约。”

大巧微微笑，把手伸进他臂弯。

第二早她终于鼓起勇气，到史密松实验所探访郝浚。

心横了，也就颇镇定。

她照沐荷指示，顺着走廊上箭嘴招贴，一路找往助理所长郝浚博士的办公室。

在大玻璃门前，看到大郝埋头钻研：大桌上放着许多化石样板，他一一记录，头也不抬，一贯全神贯注。

他天然鬈发长得似女子垂肩，额上绑一块花布巾，露出美丽的桃花发尖，皮肤晒成深棕，根本不似亚裔，他穿件旧格子衬衫，紧裹健壮胸膛，在大巧眼中，仍然是她小宇宙里最美。

大巧推开玻璃门嚅动嘴唇，刚想说话，大郝身边另外一道门“嘭”一声推开，一个高大硕健年轻金发女子走进。“浚，浚，”她兴奋地叫，“快来看。”把手中报告交给郝浚。

女子撑着腰，穿小短裤的长腿微微岔开站，整个人看上去像只猎豹般机灵勇猛："怎么样，我早说有可疑。"

只听得郝浚说："噫，被你猜中了。"

女子蹲下，探过头去，鼻子差些碰到郝浚额角。

不，她不是他先前在巴拿马那个古生物拍档，大巧不明白为何那么多美女会去读这种科目，但事实摆眼前，她们一个比一个漂亮。

郝浚与女子相视而笑，呵，他们才是同一族类的生物。

郝浚不是不笑的人，几次三番，大巧在实验所看到他的欢颜。

齐大巧轻轻退后离去。

临走那一天清早，大巧帮沐荷在厨房做杯糕。

"我发觉你只做一种杯糕，只卖一种咖啡。"

"是，没有选择，没有烦恼。"

"有无选对了的这件事？"

"所有的选择都是错的，事后都会后悔。"

大巧只得微笑。

稍后沐荷轻轻问："你说，大巧，这惨痛感觉，是永远不会痊愈的吧。”

大巧这样答：“我认真地访问过一些当事人，像子女比他们早逝的父母，也读过一些著作，分析如何应付悲剧，结论是不，不会痊愈，永远隐隐作痛，但会渐渐认命，学晓不去触动该处。你看我祖父，一次又一次失去至亲，甚至是一手创办的事业，仍然积极生活。”

“齐老是得道之人。”

“每天早上，他都起来了，那么智慧的老人，心中何尝不曾想过：起床还干什么呢……”大巧没再说下去。

沐荷微微笑，把一大盘杯糕送进烤炉。

她轻轻说：“生命为什么这样吃苦？”

大巧在咖啡里添三颗糖，这样回答：“因人心贪婪。”